·人文社会科学经典文库·

中国现代市民小说
人物服饰图像还原与文化阐释

ZHONGGUO XIANDAI SHIMIN XIAOSHUO
RENWU FUSHI TUXIANG HUANYUAN YU WENHUA CHANSHI

韩丹/著

东北师范大学出版社

长 春

图书在版编目(CIP)数据

中国现代市民小说人物服饰图像还原与文化阐释 / 韩丹著. -- 长春：东北师范大学出版社，2024.9.

ISBN 978 - 7 - 5771 - 1839 - 0

Ⅰ. I207.42；TS941.12

中国国家版本馆 CIP 数据核字第 2024KS0321 号

□责任编辑：李　丹　□封面设计：张　然

□责任校对：吴应明　□责任印制：侯建军

东北师范大学出版社出版发行

长春净月经济开发区金宝街 118 号（邮政编码：130117）

电话：0431—84568079

网址：http：//www.nenup.com

东北师范大学音像出版社制版

吉林省良原印业有限公司印装

长春市净月小合台工业区（邮政编码：130117）

2024 年 9 月第 1 版　2024 年 9 月第 1 次印刷

幅面尺寸：170 mm×240 mm　印张 12.25　字数：205 千

定价：78.00 元

本书由 2023 年度教育部人文社会科学研究"中国现代市民小说人物服饰的图像还原与文化阐释"项目资助（项目编号：23YJAZH045）

目　　录

001 | **绪　论**

001 | 一、研究背景与研究问题

007 | 二、国内外研究现状及趋势

009 | 三、研究价值和研究方法

012 | 四、主要理论范畴与内涵界定

上　编 | **中国现代市民小说人物"服装史"**

022 | **第一部分　文学"服装史"：清末民初市民小说的人物服饰**

023 | 一、客观写实化人物服饰

029 | 二、间接写意化人物服饰

037 | **第二部分　文学"服装史"：20 世纪 30 年代市民小说的人物服饰**

038 | 一、意识流化人物服饰

041 | 二、蒙太奇化人物服饰

045 | **第三部分　文学"服装史"：20 世纪 40 年代现代市民小说的人物服饰**

046 | 一、人物服饰的精神隐喻

051 | 二、人物服饰的文化隐喻

069 | **第四部分　现代市民小说人物服饰演变的原因**

069 | 一、服饰演变的复杂社会背景

075 | 二、服饰演变的深层文化动因

下　编　市民小说人物服饰文化解读

082　**第一部分　服饰折射市民社会与市民文化**

082　一、服饰折射市民社会生态

089　二、服饰折射市民文化景观

102　三、服饰体现作家与都市现代价值观的契合

106　**第二部分　服饰塑造都市市民的典型特征**

106　一、正面表现人物世俗价值观

121　二、侧面衬托人物典型性格

130　三、逼真展示人物的命运轨迹

145　**第三部分　浮现于服饰中的乡土与都市**

146　一、人物服饰隐现不同的文学风格

150　二、人物服饰扬展各自的审美理论

157　三、人物服饰承载作家个体精神智慧

164　**结　语**

166　**参考文献**

175　**附录一　部分现代市民小说人物服饰整理：旗袍**

178　**附录二　部分现代市民小说人物服饰整理：上衣、下装**

185　**附录三　部分现代市民小说人物服饰整理：裙**

186　**附录四　部分现代市民小说人物服饰整理：其他**

190　**后　记**

绪　论

一、研究背景与研究问题

（一）研究背景

文学的本质在于反映人类的现实生活和精神世界。服饰是人类生存的基本条件与精神心理的外延形态，"遮羞蔽体之外更多地表征和承载了人类的精神欲求，传达着人类与其生存世界丰富复杂的关系和独特的生存体验"①。恰如沈从文所言："装扮又是一种内心思想的持续表现，一种语言，一种象征。"② 本质功能价值的契合使服饰与文学紧密相连。正因如此，以反映人类广阔生活为特色的小说始终注重人物服饰刻画。站在历史的角度来看，服饰描写是中国小说的重要传统，也是古代小说现代化转型的鲜明表征。现实角度而言，服饰和小说是时代的产物，与政治、经济、文化、心理、伦理等密切相关，二者"互文关系"因此得以确立。研究角度而言，以服饰描写的复杂性功能研究小说人物服饰的广阔性具有重要的学术价值。对于现代市民小说来说，描绘人物服饰是彰显现代性、地域性和市民性特征的重要方式，更是研究其自身和服饰文化的重要视角。换言之，研究中国现代市民小说人物服饰具有历史的合理性、研究的学理性和必要性。

1. 历史的合理性

中国现代市民小说人物服饰研究的历史合理性存在于中国文学尤其是小说传统之中。在《诗经》和《楚辞》阶段，人物服饰就进入文学创作领域，服饰在其中承担审美意象和铺陈叙事方法的功能。具体来说，古代服饰的材质、色彩、形制和图纹，经由"比""兴"手法发展成为文学意象和精神审美

---

① 任湘云. 服饰话语与中国现代小说研究［M］. 成都：四川大学出版社，2010：8.
② 沈从文. 中国古代服饰研究［M］//郭剑卿. 服饰塑造. 北京：文化艺术出版社，2019：94.

的形态。而在《左传》《史记》等史传类文学中，服饰通常被应用于人物环境和故事背景之中，表现人物特征以及臧否人物德行。在此之前，服饰仍然是"配角"，尚未具备独立的文学价值。服饰刻画与小说联袂最早见于汉代的杂史、杂传类小说，至唐代变文和之后的说唱文学阶段，服饰书写已经较为普遍。对此，颜湘君在《中国古代小说服饰描写研究》中做了具体描述："唐代之前的志怪小说（《搜神记》）、志人小说（《世说新语》）基本沿袭史传志实录笔法，反映当时社会的信仰和风尚；唐传奇中，人物服饰描绘由写实转向传神写意，用以区分人物类型；宋元话本中，在说话伎艺的影响之下，人物服饰书写已具有铺排和程式化特征，如《清平山堂话本》等；明清小说中，人物服饰书写从程式化重返写实化轨道，如《三国演义》《水浒传》《金瓶梅词话》，并在清中后期发展成为再现艺术，写实与写意切换自如，如《红楼梦》《儒林外史》。"①

究其根本，人物服饰的描写功能是其与小说建立联系的基础，而服饰书写也成为古代小说的重要传统。现代海派市民小说与晚清通俗小说一脉相承，承续和创新古代小说人物服饰描写传统。而"晚清时期，剪发、易服、戒缠足的发难及其历经磨难终有成的艰辛历程，不仅冲击了衣冠之治的古代服饰文化传统，而且也开启了中国服饰乃至生活方式近代化变革的大门"②。因此，在文本功能和审美意蕴上二者没有本质区别，但在人物服饰描写内容方式上，现代市民小说与时代同频共振，借鉴西方现代小说经验技巧，现代性特征更为显著。综上所述，从人物服饰角度研究现代市民小说，既能挖掘服饰文化积淀，溯源、承接中国小说人物服饰传统，又能探究中国小说人物服饰的现代化转型表征。

2. 研究的学理性

随着人类文明的进步，服饰被赋予多重文化意蕴，或显或隐地潜藏着一个国家、民族、城市的文化和精神，在漫长的历史进程中积淀成为一种集体无意识，成为一种独特的话语。可以说，服饰是一个城市文化风俗的重要表征，市民服饰选择是一种自然的选择、文化的选择和历史的选择。反之，城

---

① 颜湘君. 中国古代小说服饰描写研究 [D]. 上海：上海师范大学，2006.
② 朱凌云. 中国服饰近代化的起点 [J]. 广西社会科学，2008 (11)：98-101.

市文化规范和影响服饰文化，不同城市文化下的市民服饰观念不同。基于此，研究现代市民小说人物服饰必须回归海派文化语境，提供现实的可行性。

陈旭麓在《近代中国社会的新陈代谢》中指出："海派是对传统文化的标新，中西文化的产物，中西艺术领域的融合，并与市场结缘。"①学习西方是20世纪初中国社会现代化转型的主要路径。在此背景下，"欧美风雨"在中国大地肆意流行，并在政治、经济、文化等方面全面影响和改变着中国。对此，孙中山撰文："乃天下弃此优秀众大之民族，其始也得欧风美雨之吹沫……其继也得东邻维新之唤起。"②凭借地理优势，上海成为中国最早开埠通商（1843年）的城市之一，1854年"华洋分局"的格局被打破，老城厢的老上海人已悄然无声地汇入移民潮中。因此"骤然爆发成为极端繁华的都市，构成西方文化的输入地、中西文化的交汇点"。③ 相比于对思想精神的接受，上海人对西方物质形式的东西接受更快，且大致经历"初则惊，继则异，再继则羡，后继则效"④的过程和步骤。上海迅速被冠以"东方不夜城""东方巴黎""冒险家的天堂"⑤ 的盛名，歌舞厅、酒吧、赌场、茶楼、电影院、赛马场等现代化设施一应俱全，市民生活充斥着消费气息。这一时期，上海的社会结构经历了分化与整合，包括工人阶级、资产阶级和知识分子在内的市民群体已然形成。⑥ 布罗代尔认为："如果社会处于稳定状态，那么服饰的变革是微不足道的，只有社会秩序被严重打乱时，穿着才会发生显著的变化，服饰是一种语言。"⑦ 上海现代性超常的求新求变和更新速率，促使上海成为远东第一都市和世界级城市，市民阶层服饰的色彩、质地、款式也都发生了深刻变化，折射出上海正向大众社会和消费社会迈入。可以说，上海是一座现

① 陈旭麓. 近代中国社会的新陈代谢 [M]. 北京：中国社会科学院出版社，2006：246.

② 孙中山. 国方略 [M]. 北京：生活·读书·新知三联书店，2014：369.

③ 张蓓蓓. "海派"妓女服饰文化探微：清末民初娱乐文化、"舶来"的摩登与审美情趣 [J]. 艺术设计研究，2017（2）：22-26.

④ 唐振常. 市民意识与上海社会 [J]. 上海社会科学院学术季刊，1993（1）：146-155.

⑤ 李欧梵. 上海摩登：一种新都市文化在中国（1930—1945）[M]. 毛尖，译. 北京：北京大学出版社，2001：28，4.

⑥ 忻平. 从上海发现历史 现代化进程中的上海人及其社会生活1927—1937 [M]. 上海：上海人民出版社，1996：12.

⑦ 布罗代尔. 15至18世纪的物质文明、经济与资本主义 [M]. 顾良，施康强，译. 北京：生活·读书·新知三联书店，1993：4.

代和后现代并存、中西方元素并行不悖，甚至保留着前现代特征的城市。上海的复杂现代性是由各种历史的、政治的、经济的以及文化的原因造成的，基于此，上海已经形成了自己独特的文化，即与"京派文化"相对的"海派文化"，浪漫、开放和世界主义特征是其典型特征。

与其他地区相比，上海更加现代开放，更适合文学创作与出版。因此，中华民国定都南京以后，尤其是"五四"运动以后，许多文人学士纷纷南下齐聚上海，大量描写上海这座城市的文学作品不断出版。1931 年，日本作家横光利一创作了小说《上海》；刘呐鸥、施蛰存、穆时英、张爱玲、巴金等作家也都围绕这座世界性城市进行创作，将其视为自己生活乃至中国社会不可或缺的一部分。① 李欧梵在《上海摩登——一种新都市文化在中国（1930—1945）》中指出："在西语中，关于上海的论述已经很多了，而大量的'通俗文学'又向她的传奇形象馈赠了暧昧的遗产……"② 朱寿桐认为："从上海支撑现代文学的时间长度，从中国现代作家活动的密度，文学运作的影响，文学作品和杂志出版的数量，以及在相当时段内对全国文坛的辐射力等等方面细加考察，都可看出上海作为现代文学中心地位的稳固性。"③ 唐振常也指出，上海已经取代北京成为全国的文化中心。④ 在传统转向现代的社会结构内，市民尤其是知识分子，为了展示自己的社会身份，与他人区分，开始更多诉诸于服饰消费行为。而且与以往托举"经国之大业"的写作初衷有所不同，随着大众传播与文学市场的发展，市场日益成为上海作家创作的主要动力，文学市场化趋势不断凸显，如"杂志年"、"京海之争"、"画报热"、1934 年的"自传年"，及文坛提拔"新晋作家""女作家"等。海派文学具有消费文化特质，与杂志、画报紧密联系。服饰作为人类生活消费的必需品，在文学作品中的出现有其必然性和普遍性。浸润海派文化的海派服饰成为现代市民小说的重要元素。因此，研究现代市民小说人物服饰不仅符合学理，更能深入探

---

① 王宁. 世界主义视野下的上海摩登（现代性）和上海后现代性 [J]. 社会科学战线，2018，(8)：184-192.

② 李欧梵. 上海摩登：一种新都市文化在中国（1930—1945）[M]. 毛尖，译. 北京：北京大学出版社，2001：4.

③ 朱寿桐，刘永丽. 上海：逊位了的都市文学中心 [J]. 湖北大学学报（哲学社会科学版），2003（4）：14-19.

④ 唐振常. 上海史 [M]. 上海：上海人民出版社，1989：730.

究城市文化的交融性和现代性特征。

一直以来，海派研究都处在现代主义和后现代主义理论范畴内，局限于"西方冲击—中国回应"的理论框架。后殖民主义理论开启了以本土经验为中心的研究取向。如史书美的《现代的诱惑——书写半殖民地中国的现代主义（1917—1937）》，张勇的《摩登主义：1927—1937 上海文化与文学研究》。尤其是后者，在之前惯用的中/西、进步/落后、主体/他者的二元对立视野中引入日本，从中日西三角关系中重新审视海派在欧美和日本的多重支配影响，呈现出的复杂现代性，但究其本质而言，也没有摆脱都市西方/殖民西方的二元思维。[①] 但这并不妨碍其成为上海现代性研究新的视角。李欧梵认为，海派作家虽然生活在半殖民地的上海，但从未在任何意义上视自己为"被殖民者"，反而对西方以及西方文化热烈拥抱，并以自身为主体将西方文化作为"他者"。总的来说，无论在现代主义、后现代主义还是后殖民主义语境内，海派文化与文学研究依然处于西/中和中/西、"影响与被影响"的理论框架中。

3. 研究的必要性

恩斯特·卡西尔指出："人类创造文化依赖于符号活动，所有的文化形式都是符号形式。"[②] 以此推论，服饰是一种具有符号性特点的文化事象，通过材料、形制款式、色彩、工艺、佩饰的符号组合变化传递某种信息：性别、民族、信仰、经济地位、行业类别、文化层次、风俗习惯、个人爱好、审美取向等。市民日常生活服饰是反映历史真实的重要维度，现代市民小说作为现实生活的载体也包含着诸多服饰文化信息。中国现代市民小说主要表现市民的市井生活，反映民俗风貌，与服饰联系较为紧密。也就是说，研究城市市民服饰变迁和文化，现代海派市民小说应是不二之选。但是事实并非如此，囿于历史和意识形态的复杂原因，"海派文学的名声从来没有好过"[③]。学界对于海派文学的研究不足，直至现代性理论和张爱玲热的兴起，情况才有所改观。现代性和日常生活叙事理论赋予海派文学新的研究视角，其独特性和复

---

① 李今. 从理论概念到历史概念的转变和考掘：评《摩登主义：1927—1937 上海文化与文学研究》[J]. 中国现代文学研究丛刊，2011（3）：210-214.

② 恩斯特·卡西尔. 人论 [M]. 甘阳，译. 上海：上海译文出版社，1985：33.

③ 吴福辉. 深化中的变异 [M]. 杭州：浙江文艺出版社，1999：16.

杂性被不断开掘。基于现代市民小说与服饰的密切关联和服饰的日常性与现代性特征，无论从人物服饰角度研究现代市民小说还是研究现代市民小说的"服饰史"都有重要意义。

（二）研究问题

服饰是在客观物质与环境前提之下，人的自身需求、社会文化背景以及选择能力之间互动的结果。服饰不止于物质形式，还是"一种精神文化的外溢和延续"①，既能满足人的生活需要，又能陈述表达某种文化限制与诉求。现代市民小说人物服饰图像还原与文化阐释，即在现代市民小说文本内对服饰这种非常复杂的社会文本进行科学解读，挖掘和阐释其内蕴的城市文化，分析其审美意蕴，评述其史学价值。

1. 以时序为线索，回顾中国现代市民小说（1843—1949）塑造的城市服饰演变的历史过程及社会变革中各色中国人身上穿戴的实际变化，通过史料图像再现中国近代城市服饰特征。研究城市服饰的历史变迁，利用文字解析、图像资料、手绘图稿等图文并茂的多元化形式，全景呈现中国近代市民服饰风格演化，再现上装、下装、旗袍、袍、衫、裙、发饰、耳饰、鞋袜等的形制和穿戴方式。具体工作遵循历史的梳理，对中国现代市民小说中的人物服饰按服装服饰品类进行文本搜集整理，对中国文学中的多种服饰符码展开分析探讨，借此还原如"袍、衫"等在当时的文化、历史和社会情境中所产生的诸种效应；同时查找搜集、分类整理、分析图像文本，包括作家当年伴随小说创作手绘的图像文本，如张爱玲绘制的人物服饰插图，以及老照片、画报、月份牌、电影海报、火柴盒上的人物图像等，据此再以手绘形式按时序还原文学作品中的市民服饰款式、色彩、材质等视像要素，从而为当代中国社会研究提供一种现象学的佐证。

2. 以空间为单位，彰显服饰地域性，分析中国近代中西服饰融合及西方服饰的中国化，城市服饰文化独立自主发展的历史轨迹。由于中国现代文学中的市民小说直接面向市民群体，忠实记录近代社会生活状况，非常细致地描写了不同身份的男女服饰，因此具有重要的历史参考价值。组织空间单位

---

① 李军均. 红楼服饰 [M]. 济南：山东画报出版社，2004：131.

架构、形成论纲，包含南北大空间，即代表城市上海、北京两地各具特色的服饰文化发展面貌，如上海开埠通商至新中国成立期间，服饰反映文艺审美的变化，民俗文化内涵、近代思想观念及社会变迁等；还包含小空间日常服饰与特殊场合，尤其是在现代城市各种场景需要下的服饰动态、弹性建构的规律和意义，以及交流空间视角下，西方服饰中国化后呈现出的独特特征。

3. 由史实呈现转为意义阐释，讨论城市服饰文化变革陈说了中国近代（1840—1949）怎样的思想观念，指出"城市服饰的动态演变过程"成为认识物质文明与政治文化、社会变迁、传统与现代的文化事象。语图互文解析中国现代市民服饰，考察现代市民服饰的美学意蕴，挖掘现代市民小说人物服饰变革的原因。服饰可以在客观物质与环境前提下，体现人的身份特征、社会地位，是人的自身需求、社会文化背景以及选择能力之间互动的结果。服饰不止于物质形式，还是一种精神文化的外溢和延续，既能满足人的生活需要，又能陈述表达某种文化的限制与诉求。从现代市民小说人物服饰的审美特质看到消费行为与社会环境；从服饰看到女性意识与市民文化；从服饰看到时尚风雅与社会关系；从服饰看到传统与现代的融合；从服饰看到城市形象的变迁与发展；等等。

4. 最后指出"城市服饰变迁"的研究对于学术领域拓展与跨学科研究的意义。服饰的跨学科研究是基于在文学、史学、艺术学等不同领域所留下的影响印迹，市民人物的服饰作为媒介见证和诠释了不同文化、政治政策等的历史过程，本课题研究增加了文学文本内容的可信性，丰满了历史厚度，解释现代服饰文明的历程，同时也是对社会、城市变化的适应。当前国际上各个国家不断开展跨学科科研协同的研究和实践，学术创新增长点越来越倾向于发生在跨学科交叉融合地带，在此背景下，本课题利用可视化的手绘图像，形象地展示跨学科的"城市服饰变迁"研究的核心内容、发展方向、涉及领域以及整体知识架构，践行多学科融合，揭示所研究的知识领域的动态发展趋势和规律。文史艺的跨学科协同创新、多元化发展，可以为学科交叉、综合研究提供参考。

二、国内外研究现状及趋势

利用图像还原现代市民小说人物服饰并挖掘中国近代城市服饰变迁的文

化意蕴，首先要明确文字文本与图像文本之间的关系，其次要明晰服饰与文化的相关问题。

（一）国内外研究现状

1. 在国外，对于上述问题的研究，主要集中在文学中的时尚、图像与文学的关联两方面。前者以尼科尔·D·史密斯的《服饰策略：中世纪晚期文学中的贵族服饰与时尚行为》和艾琳·里贝罗的《时尚与小说：英国斯图亚特艺术与文学中的服饰》为代表，指出文学作品中服饰的描写对当时的社会背景、阶级等有着显性和隐性的含义，并起到一定的修饰作用。后者从文学艺术角度指出图像与文学的隐喻和互相关联的关系。如詹姆斯·埃尔金斯的《图像的领域》意在使美术被理解为图像领域中的一部分。

2. 在国内，相关研究大致可归纳为三个方面：一是文学与图像，其中又分为图像学、符号学理论下的尝试；从史出发探讨文学史和艺术史上各种文图现象、文学与图像关系的历史演变；作家或画家、名著插图专题、民间文艺中的文图关系、艺术教育中的文图研究。如赵宪章许多关于文学与图像的论著，赵炎秋的《艺术视野下的文字与图像关系研究》，龙迪勇的《从图像到文学——西方古代的"艺格敷词"及其跨媒介叙事》。二是文学中服装美学、服饰描写和文学社会学视角。如 2009 年《服饰文学作品欣赏》和 2016 年《文学与服饰文化》的出版，及孙疏影的《文学作品的服饰描写》，陈旋波的《喇叭裤的见证与记忆》等。三是服装图像应用研究，其中又分为根据历史文献、图像研究服饰风尚，集成画册图谱；根据具体纹样、图案、形象进行分析与再创造，运用二维或三维的方式重新组合运用到服装设计中，如王雨亭、郭丰秋的《〈山海经〉图像元素在现代服装设计中的应用》等。

3. 学术活动方面，2008 年"12 靓装·中国——西班牙设计师与文学的对话"展览在北京举办，12 位西班牙设计师，在获诺贝尔文学奖或西班牙文学奖的作家作品中寻找灵感进行服装设计，并通过时装向文学作品致意。2021 年，人民文学出版社推出服饰与文学联动活动；2022 年，中国国家博物馆开展"文学中的服饰——纪念沈从文先生诞辰一百二十周年学术论坛"，董进对《醒世姻缘传》中男性服饰做了分类及考证，从小说中了解服饰形制、穿戴方式和实际应用等细节，弥补史料记述之不足。可以看出，中国现代市民小说人物服饰图像还原与文化阐释研究有其发展的价值和维度，能够形成一个延续性主题，找准落脚点，有探索创新发展的可能性。

综上所述，我们得出两个结论：①以上研究领域较广，成果较丰富，尤其是图像证史的研究取得丰硕成果，形成不少学术观点及共识，这对于我们开展中国现代市民小说人物服饰文化与图像还原的研究有一定的参考价值。②以往研究不是本课题所指的交叉、综合研究，鉴于具体研究视角、内容、方法不同，不能完全照搬，需善于借鉴和择取。

（二）目前研究的整体趋势

1. 学界愈加重视从以往学术成果中提炼出具有文物文献价值的资料，以为学科的后续发展。故此，本研究将集中挖掘文学"服装史"发展中积淀的市民服饰和文化行为。

2. 学界逐步认识到学科存在及演变发展的重要意义，因此在本研究中重点考察市民服装变革，将再现社会的变迁。

3. 从学科单向度研究到综合话语的建构，"大人文社会科学的整体存在"已成为研究前沿。文学、史学与艺术学方法的融合构成了研究的新方法，综合学科"内在知识"与"外延维度"形成了研究的新视野。故此，本研究将探索文学"服装史"背后的文化意蕴，聚焦"城市服饰的动态演变过程"这一学术新领域。从内外两个维度对服饰观的整体存在及其现代化进展的关注，正是以上述前沿为选题的出发点。

三、研究价值和研究方法

（一）国内理论价值

1. 首次视觉构建"中国现代市民小说人物服饰"，并语图互文阐释其文化内涵。文学与图像的关系十分紧密，相关研究已涉及古代文学、现当代文学、民族文学、外国文学、图像学等领域，但对于现代市民文学中的服装演变、服饰文化的语图互释的研究鲜有呈现。

2. 提供了艺术学领域借用跨学科资源丰富学科方法的新案例，拓展了"文学、服饰、历史"学科交叉、综合研究领域。文学的本质在于反映人类的现实生活和精神世界，服饰是人类生存的基本条件与精神心理的外延形态。从历史角度而言，服饰是中国文学的重要传统，也是古代文学现代化转型的鲜明表征；现实角度，服饰和文学是时代的产物，都与政治、经济、文化、心理、伦理等密切相关；研究角度，以文学服饰话语的发展变化、服饰文化的复杂性功能，研究文化的广阔性具有重要的学术价值。

3. 秉持"服饰文化"视角，提出"城市服饰演变"问题，明确了社会变革和背后深层文化含义。服饰是彰显现代性、地域性和市民性特征的重要方式，对于市民文学和服饰文化来说，都是其研究自身的重要视角。换言之，研究现代市民小说服饰话语的象征意涵，以图像还原现代市民人物服饰是对服饰圈内外大人文社会科学产生特殊意义的，其具有历史的合理性、研究的学理性和必要性。

（二）实际应用与推广价值

1. 为小说文字文本提供图像文本的佐证，为文学研究贡献一本图文并茂的参考书。对中国现代市民小说人物服饰符号的视像重绘，将原本仅是文字抽象传达的服饰符号立体化、可视化，语图双向建构呈现双重审美语境。

2. 为当代艺术实践提供文学语境的素材，提高艺术类大学生人文素养，启发研究生在"服装与文化"的视域高点上思考中国服装设计的未来，为研究生提供研究方向。文学为艺术创作展现了宽广而细微的服饰描写，作家的虚构、修辞意味、理想主义不仅成为设计师更好地表现服饰细节与特点的灵感来源，也可为艺术设计奠定文史基础，使设计更能展现中国文化之厚重。

3. 为近代社会史研究提供语图互文的阐释，为我国进行相关历史研究的学者、师生呈现一本时空共存的参考读物。文学与图像分别述说着时间艺术与空间艺术，语图交互阐释对中国市民城市生活、城市发展、市民人物服饰、市民生活状态、历史变迁进行双重构绘，文学与图像结合，共为历史的考证。

（三）研究方法

采用跨学科的视角，文学、史学、艺术学交叉参与现代市民小说人物服饰的图像还原与文化阐释研究，对中国现代市民服饰进行语图双向建构，对服饰这种复杂的社会符号进行解读，分析其语图双重审美意蕴，阐释其内蕴的象征和隐喻功能。

1. 史料实证。立足 19 世纪下半叶以来的文学文本,结合考订核验过的经典研究性文献,再现市民人物服饰的基本史实轮廓。运用文献研究法、分类法,查找、整理、归纳人物服饰类别、颜色、材质,考察城市典型服饰。

2. 文本细读法。小说人物服饰研究必须进行文本细读,服饰描写往往存在于小说文本的细微之处,更需细心研读。文本细读一方面要重视时代语境,回归文本叙述、阅读的年代;另一方面要重视时代语境,细思文字语句背后的深意和寄寓其中的情感态度等。叙事与审美均在小说文本之内,图像还原现代市民小说人物服饰,以文视图,以图示文,文图互释其审美意蕴,文本细读是前提和基础。

3. 跨学科研究法。研究市民小说人物服饰必先从文学的角度对"服饰书写"进行分析,如解构服饰书写的文本功能。在此基础上,以艺术学专业知识对服饰的元素、结构、历史、文化进行相关解读,而且这种解读必须上升到学科水平。具体来说,从色彩、样式、面料材质等角度阐述现代市民小说人物服饰的美学观念,才能从史学的角度研究城市服饰的动态演变过程。也就是说,研究现代市民小说人物服饰必须建立跨学科视野,运用跨学科的方法。

4. 比较研究。穿衣是一种社会实践活动,更多地显现出非官方、非正式、非强制、随意化、大众化和娱乐化的色彩。本书对南北市民服饰进行了比较分析,在文化、传统与意识形态总体趋同上又有所不同。中西融合参与了上海市民服饰的变革,"东方魔都"的城市形象同样体现于服饰建构。选择上海、北京两个主要城市作为比较重点,分别代表现代与传统两种城市服饰形象,按照不同人群、身份排布手绘还原的服饰图像,理清不同城市各色人物的服饰差异和特点。

5. 案例分析。选取城市服饰在上海和北京的变革,南北两个特色鲜明的代表城市,详细解读市民日常服饰在当年南北两地的演变过程,由此以点带面地尝试概括"城市服饰演变"之历史互动的多样性。分析城市环境群体性服饰的特殊性与文化的内在关系,市民服饰的构建条件和审美要素,揭示服饰背后的文化隐喻和文明象征。

四、主要理论范畴与内涵界定

（一）服饰的内涵

"服饰"一词最早见于《周礼·春宫·典瑞》："辨其名物，与其用事，设其服饰。"①（郑玄注：服饰之饰谓缫藉。缫是帝王冕上系玉的彩绳）《左传·昭公元年》记载："楚公子围设服，离。"杨伯峻注："服，凡衣饰器用名物皆可曰服。"②《汉书·王莽传》："五威将乘乾文车，驾坤六马，背负鹫鸟之毛，服饰甚伟。"③由此总结，古代"服饰"内涵既指衣服和饰品，也指宫室车骑。随着时代文化迁衍，现代汉语"服饰"专指"衣着服饰"。现代学术研究对"服饰"内涵界定更为精准细致。华梅《服饰美学》中的"服饰"分为如下四类："第一类是衣服，分主服、首服、足服；第二类是佩饰，只起装饰作用而无遮体功能；第三类是妆拼，包括文身、割痕和当今的美容；第四类是随件，如包、伞等。"④美国学者卢里在《解读服装》中将服饰所用及的面料、辅料、工艺技术皆纳入其内涵之中。在他看来，"服装的字汇不光指各种衣服而已，连发型、装饰品、珠宝、化妆品和身体饰物都在内。"⑤在艺术学、文学、史学综合交叉研究下，全方位解读现代城市市民生活样貌，力求对中国现代市民小说人物服饰合理还原，因此本书综合以上两位学者的观点，将服饰内涵定义为："服装、饰品及其材质、工艺。"

（二）现代市民小说的界定

关于"现代市民小说"的界定，可参看严家炎《中国现代小说流派史》和李欧梵《上海摩登——一种新都市文化在中国》中"现代派"理论与技法。现代市民小说在某种程度上直指现代海派市民小说，吴福辉以"现代派"特质为依据，认为海派文学是新文学的一个支流。李今指出，"海派文学"命名的实质是一种认识往昔文化的策略："它反映了人们试图通过理解和认识往昔

① 王继平. 服饰文化学 [M]. 武汉：华中理工大学出版社，1998：13.
② 杨伯峻. 春秋左传注 [M]. 北京：中华书局，1990：1202.
③ 班固. 汉书 [M]. 北京：中华书局，1962：4115.
④ 华梅. 服饰美学 [M]. 北京：中国纺织出版社，2003：239.
⑤ 艾莉森·卢里. 解读服装 [M]. 李长青，译. 北京：中国纺织出版社，2000：3.

文化现象，来理解和认识今日的都市化和现代化所引起的社会、文化、价值观和人生观等一系列变化所采取的一种策略。"①

不同命名之潜藏着不同的历史观和方法论。王德威等学者认为，市民文学传统肇始于晚清《海上花列传》。李今在《海派小说与现代都市文化》中将"刘呐鸥、施蛰存、穆时英等新感觉派，还有 40 年代的张爱玲、苏青、予且等"纳入"海派文学"，认为他们"最能代表海派作家群的价值观、人生观、文学观，最能标志海派文学的独特成就。"② 杨义在《京派海派综论》中将海派作家分为三类：第一类的海派作家包括以海派文化为核心的包天笑、徐枕亚、周瘦鹃及张爱玲等，还有做现代主义尝试的"新感觉派"作家张资平、刘呐鸥、穆时英等；第二类是具有海派写作风格的世情小说家张恨水；第三类则是上海地区的"左翼"作家，包括"五四"后受新文化运动影响而成立的"创造社"作家巴金、茅盾等人。

市民是城市化的产物，中国古代封建制度的超稳定结构决定了古代市民阶层的力量和规模不可能过大，而且始终抑制其发展，市民的精神特征也带有某种病态的特点。近代市民与近代城市相伴相生，他们是工业化、商业化的产物，大都由农民转化而来，思想观念主要还停留在农民阶层。20 世纪 30 年代，上海市民社会处于稳定发展时期，中产阶层成为市民社会主体："市民分为不同层次，高级官员、大企业家、高级知识分子属于上层，中小企业主、一般公务员、教师等构成市民中层，城市平民和产业工人构成市民底层。"③本文关注的主要是市民的中下层，他们是代表市民文化的主流，也是市民文学反映的重要对象和接受群体。市民阶层的思想行为特征偏向实用理性，日常生活注重功利性和消费性。由此可见，市民社会构筑于商品经济之上，具有特定的文化规范与价值准则。陈思和指出：" '上海市民文化'是第一代殖民地管理制度下规训出来的市民阶层的文化教养和生活习俗……包括遵纪守法、讲究精致生活、举止文明……崇洋媚外等特征。……还有一种作为东方魔都的上海吸引了五湖四海的外来人口而形成的杂交文化，偏重外向型的开

---

① 李今. 海派小说与现代都市文化 [M]. 合肥：安徽教育出版社，2000：4.
② 李今. 海派小说与现代都市文化 [M]. 合肥：安徽教育出版社，2000：5.
③ 王晓文. 二十世纪中国市民小说论纲 [D]. 济南：山东大学，2006.

放拓展，善于学习，追求新潮，但根基浅，缺乏文化传统底蕴，我把它命名为'新市民文化'，俗称'海派文化'。"① 作为市民文化和市民文学的代表，市民小说的主色调就是市民性。因此，本书把现代市民小说界定为：现代市民小说是一种反映上海市民，特别是中下层市民生活、文化价值观念和审美情趣的小说，以广大市民为接受主体的小说。在此意义上，通俗小说与市民小说存在交叉，甚至有时是通用的。

根据《中国通俗小说总目提要》统计，1840—1911 年，晚清白话通俗小说约 650 部②，涉及类型众多，如狭邪小说、谴责小说、政治小说、社会小说、言情小说、侦探小说等。其中晚清时期的狭邪小说最能体现市民文化特色，张恨水等人的言情小说反映的也是上海市民生活，因此被归入本文研究范围。晚清至民初，以妓女生活为题材的狭邪小说不断涌现，如韩庆邦的《海上花列传》和张春帆的《九尾龟》，内容上着重描写上海的都市消费生活，内含繁华与颓废的都市文化特色，成为都市市民生活和文化的典型体现。1912—1917 年，鸳鸯蝴蝶派小说成为市民小说的典型代表，"表现的是上海广义市民社会的观念状况与新奇的生活内容，而其本身又是上海都市现代化内容的一个部分"③，注重娱乐性，从市民文化角度对抗和消解文以载道及抒情言志的正统文艺观，是商品经济社会的重要标志。20 世纪 20 年代，张资平、张恨水等作家创作了众多市民题材小说，现代市民小说进入相对成熟的阶段。20 世纪 30 年代，市民大众成长为社会重要力量和消费主体，市民小说真正崛起，凸显新市民的价值准则与精神风貌。"可以说，海派作家笔下的市民社会完全以'功利'和'理性'的新的价值观取代了传统的通俗小说所宣扬的善、情、义的价值理想。"④ 20 世纪 40 年代，市民小说以张爱玲、苏青等为代表。上海市民小说的先锋性，一方面是市民趋时求新的特性带来的海派的商业性，另一方面是市民价值观转变衍生的新文学性。总的来说，"细读海派小说文本，发现他们同样继承了中国宋元以来市民文学的市井小说传统，充满了浓

① 陈思和. 谈谈上海文化、海派文化和上海文学、海派文学：答《上海文化》问 [J]. 上海文化，2021（2）：14-23＋87.

② 陈平原. 二十世纪中国小说史（第一卷）[M]. 北京：北京大学出版社，1989：69.

③ 孔范今. 重构对话 [M]. 济南：山东大学出版社，2009：100.

④ 李今. 海派小说与现代都市文化 [M]. 合肥：安徽教育出版社，2000：325.

郁的市井意识。从穆时英、刘呐鸥、施蛰存到徐訏、无名氏、张爱玲、苏青、予且等，作家们为我们描绘了一幅幅市俗情趣十足的市民生态景观图，成为20世纪中国文学价值意义非凡的'市俗风情录'。"① 由此，市民意识、生活和文化元素构成了现代市民小说鲜明的文艺特征。

综上所述，现代市民小说属于承载研究对象的平台。基于此，本书从叙事传统、文化姿态角度，规定现代市民小说时间范围大致在 1843—1949 年（上海开埠通商至新中国成立）；具体作家包括晚清②的张春帆、韩邦庆、鸳鸯蝴蝶派和新感觉派的作家、40 年代的张爱玲、苏青、无名氏、徐訏以及部分"左翼"作家。关于上述作家，凡是反映都市市民"日常生活的况味"、文化风俗、人情伦理的小说皆归于本研究之"现代市民小说"。同时，考虑地域差异，在时间基础上融汇空间思考与辨识，"现代市民小说"也涵盖京派作家及作品。与"海派"的地域性相对，"京派"在广义上或可分为三类：第一类是以京派文化为核心的，以周作人、废名、沈从文、李健吾等为代表的京派作家；第二类是具有京韵写作风格，专门表现北平地区风土人情、人文故事的作家老舍等；第三类是类似张恨水等书写世情的林语堂、梁实秋等。"京派"和"海派"这两种地缘文化最具文化代表性的就是这两类作家群体的作品，最能反映中国南北的两种服饰风格，他们在文化表现上有文学观区别，作家们所呈现的小说人物服饰风格鲜明地带有南北地域的印记。

---

① 肖佩华. 论海派小说中的市井意识 [J]. 中国现代文学研究丛刊，2006（3）：183-196.

② "晚清"的概念是依据美国学者费正清所著《剑桥中国晚清史》（上卷）来界定的，始于嘉庆五年（1800 年），止于宣统三年（1911 年）的辛亥革命。

上编／中国现代市民小说人物『服装史』

　　一个时代有一个时代的文学，每个时代小说的人物服饰也不尽相同。小说人物服饰随时代不断发展演变。纵观中国古代小说人物服饰的历史，唐前小说人物服饰是实录笔法，唐传奇小说人物服饰特别注重传神和写意，宋元话本艺术人物服饰具有铺排与程式化的特征，明清通俗小说从固定化、程式化走向写实方向。现代市民小说一方面承续中国古代小说写实与写意传统手法，另一方面借鉴西方现代小说人物服饰描绘技巧，逐步形成自身独特的风格。自开埠通商（1843 年）至 20 世纪初，上海逐渐发展成为中西融合的现代化都市，也成为全国的文化中心，翻译馆、学会、新式学堂、出版社林立，新文化、新思想广泛传播，"海派文化"由此形成。"渗透于文学、戏剧，甚至生活模式里。上海被称为启蒙、开创、融会与发挥新知识的'中国大门'或'中国熔炉'，实在当之无愧。"① 国际都市上海孕育了多样性、交融性和现代性的现代市民小说。无论海派文化还是现代市民小说都是中国社会现代化的产物。因此，研究现代市民小说人物服饰必定绕不开"传统向现代转型"这一核心问题。现代市民小说既葆有对古典性的坚守和游移，也呈现出对现代性的趋避与应和。在传统转向现代的过程中，包含语言"能指"与"所指"的发展变化，尤其是"所指"的延伸。就人物服饰而言，是指服饰符号和意象功能的表达。按照服饰在小说中功能角色的变化，把现代市民小说人物服饰动态演变过程划分为三个阶段：一是服饰描摹阶段，人物服饰是本体存在，浮于小说文本表层，以清末民初鸳鸯蝴蝶派为例；二是服饰表意阶段，人物服饰更多以符号和意象存在，深入小说文本叙事，以新感觉派小说和部分"左翼"小说为例；三是服饰隐喻阶段，更是人物服饰的符号和意象功能，在小说文本的基础之上指向文化审美，以 40 年代苏青和张爱玲小说为例。需要

---

① 唐振常. 近代上海繁华录［M］. 北京：商务印书馆，1993：15.

指出的是，本书意在梳理呈现现代市民小说人物服饰的动态演变，而非现代海派市民小说的嬗变，因此并未涵括所有海派市民小说，只是选取部分代表性作家和作品。

何谓符号、意象和话语？"符号"，是指人们共同约定俗成的、用来指称一定对象的标志物，它包括以任何形式通过感觉来显示意义的全部现象。在这些现象中，某种可以感觉的东西就是对象及其意义的体现。它有两个方面的内涵：其一它是意义的载体，是精神外化的呈现；其二它具有能被感知的客观形式。符号既有感觉材料又有精神意义，二者是统一不可分的。语言学家索绪尔认为，一个符号包括了两个不可分割的组成部分——能指和所指。[①]而符号论美学家恩斯特·卡西尔认为，艺术可以被定义为一种符号语言，是我们的思想、感情的形式符号语言。[②] 在一种认知体系中，符号指代有一定意义的意象，它可以是图形图像、文字组合，也可以是声音信号、建筑造型，甚至可以是一种思想文化、一个时事人物，也可以说，符号是由人们的认知习惯约定俗成的。一般来说，符号具有抽象性、普遍性和多变性三大特征。在恩斯特·卡西尔看来，符号作为对象的指称形式，它的统摄功能具有生成人性和塑造人类文化的作用。而服饰作为文化符号，在世界从古到今的各民族中，都是不尽相同的，它都蕴含着一种价值观和认知体系。在古代中国，人物服饰作为一种礼法制度，是表明阶层、身份、审美的文化符号，在历史的各个阶段都有其不同的作用，对中国历史的发展产生了深远的影响。服饰的符号意义功能，特指人物服饰所呈现出来的界定人物身份、性情、审美等特征。

关于"意象"，"意"是内在的抽象的心意，"象"是外在的具体的物象。"意"源于内心并借助于"象"来表达，"象"其实是"意"的寄托物。在中国传统诗论中的寓情于景、情景交融也是如此。童庆炳在《文学理论教程》一书中也对"意象"一词做了界定："意象是以表达哲理观念为目的、以象征性或荒诞性为基本特征以达到人类理想境界的表意之象，即为艺术典型。"[③]"意象"作为心理学名词的定义："是指认知主体在接触客观事物后，根据感

① 费尔迪南·德·索绪尔. 普通语言学教程［M］. 高铭凯，译. 北京：商务印书馆，1980：100.
② 恩斯特·卡西尔. 符号形式的哲学［M］. 赵海萍，译. 长春：吉林出版集团股份有限公司，2018：20.
③ 童庆炳. 文学理论教程［M］. 北京：高等教育出版社，2015：311.

觉来源传递的表象信息在思维空间中形成的有关认知客体的加工形象，在头脑里留下的物理记忆痕迹和整体的结构关系。"① 意象有狭义和广义之分，狭义的意象是指主动地在人的头脑中浮现出画面或画面中的具体内容。广义的意象分为两种情况，一种是画面没有具体内容，比如只有味道、声音、感觉等，没有具体的图像，但感觉上存在；另一种是包括现实中的所有物体、行为、情感等，也就是说"我"和世界都是意象，一切皆为意象。作为西方现代文学流派的意象，则是指客观物象经过创作主体独特的情感活动而创造出来的一种艺术形象，如"意识流"手法。服饰的意象意义和功能，在于作为一种艺术典型形象，通过象征性手法表达作者的创作观、审美观等。

换言之，服饰作为符号时，功能和意义主要表现在政治性、民族性、地域性等方面。比如，明代和清代的服饰就是两个完全不同的符号。服饰作为意象时，它只是服饰上某个特征鲜明的点，功能和意义指向社会性、文化性、伦理性、心理认同等，如明代的束发右衽，清代的剃发旗服，等等。而在一定条件下，服饰的符号和意象功能可以相互转化，或者兼而有之。比如，在一部描写时代、政权、季节等更替的文学作品的时候，反映在人们的服饰上，其符号性、意象性则是相互作用、交互影响的，这时候其文学功能的呈现则更为丰富和完备。需要强调的是，本书无意于褒贬不同文学流派或具体作家的文学史地位和价值，只是在文学史的众多线索中，梳理其中之一维，即现代市民小说人物服饰的动态演变过程及其阶段性特征，从整体上理解和把握时代历史和社会文化。

---

① 邬烈炎. 新理念设计基础教材：形式语言［M］. 杭州：中国美术学院出版社，2012：85.

第一部分 文学 "服装史"：
清末民初市民小说的人物服饰

鸳鸯蝴蝶派诞生于清末，民初走向繁荣，滥觞于商业文化、都市生活，是以娱乐和消遣为宗旨的商业化、消费型文学流派。代表作家：包天笑、徐枕亚、张恨水等。代表作品：《玉梨魂》《上海春秋》《青衫泪》《春明外史》《金粉世家》《九尾龟》①等。消遣文学观是鸳鸯蝴蝶派区别于其他文学流派的显著特征，具有市场化创作倾向。具体表现为：创作题材上，大多取材于现实生活，迎合大众文化的消费需要，供读者娱乐和消遣，注重传奇性、趣味性；结构上仍是明清小说章回体结构，基本以时间顺序叙事，按照特定类型或模式创作，程式化特点鲜明；人物塑造上，偏向类型化和概念化；创作主题上，以儒家价值观为主，延续晚清小说救亡与启蒙的民族话语，并带有一定的民主色彩；创作语言上，吸收古典白话小说语言，融入市井生活方言俚语，通俗易懂、雅俗共赏。②换言之，写实性、趣味性、多样性和商业性是鸳鸯蝴蝶派小说的基本属性。恩格斯认为："民间故事书的使命是使一个手工业者的作坊和一个疲惫不堪的学徒的寒伧的顶楼小屋变成一个诗的世界和黄金的宫殿，而把他的矫健的情人形容成美丽的公主。"③正因如此，鸳鸯蝴蝶派小说能符合读者尤其是城市中下层市民读者的接受能力和审美期待。

鸳鸯蝴蝶派小说人物服饰更多地承续了明清通俗小说的写实手法，从人物服饰在小说文本中发挥的功能来看，属于一种感官自发性服饰描写。具体来说，人物服饰在小说文本中只是浮于 "叙事" 的表层。鸳鸯蝴蝶派小说，特别是在第一发展阶段④（1909 年《小说时报》的创立至 1920 年《小说季

---

① 陈平原在《说〈九尾龟〉》一文中认为，鸳鸯蝴蝶派的创作手法正式承袭于晚清的狎邪小说，《九尾龟》是翻转过来的鸳鸯蝴蝶派，而且张春帆的艺术旨趣与伦理观念同鸳鸯蝴蝶派作家徐枕亚差别不大。因此，本文将其归入鸳鸯蝴蝶派小说。

② 孙向阳. "鸳鸯蝴蝶派" 考辨 [J]. 关东学刊，2016（9）：89-95.

③ 乌丙安. 民间文学概论 [M]. 沈阳：春风文艺出版社，1980：16.

④ 鲁毅. 夹缝中的抉择：清末民初鸳鸯蝴蝶派嬗变论 [D]. 济南：山东大学，2012.

报》的停刊）的人物服饰服务于人物形象塑造与氛围营造，包括时代特征的表现，以及身份、性格的揭示与衬托等。

一、客观写实化人物服饰

受明清通俗小说影响，早期鸳鸯蝴蝶派小说的写实性特征鲜明，人物服饰属于直观表达式书写，主要功能在于契合小说叙述时代的时代特征，介绍人物履历等。确切来说，通过人物服饰表明人物的年龄、身份、所处的时代和社会阶层、性格、兴趣等因素。正如麦克卢汉所说："衣服作为皮肤的延伸，既可以被视为一种热量控制机制，又可以被看作社会生活中自我界定的手段。"① 对此，萧乾在《旅居上海的日子》中回忆，去汕头途经上海，因穿着蓝布长衫而被人称作"木林"（上海话形容土气的意思）。包天笑的《上海春秋》中的记载也可从侧面确证："原来上海地方最是考究衣着，商界中尤甚……因此各以衣服夸炫，宁可家中断炊。"② 由此可知，服饰是一种文化的载体，具有原发性的自然身份认同功能。服饰身份认同也是大众最为通行的身份认同方式。乔安妮·恩特维斯特尔在《时髦的身体：时尚、衣着和现代社会理论》中指出："衣着或饰物是将身体社会化并赋予其意义和身份的一种手段。"③《海上花列传》以写实笔法，通过人物群像抽象了晚清上海底层市民的生活。人物群像涵盖妓女、官僚、士人、商人、买办、纨绔子弟、地痞流氓等，对他们的服饰描写大多是基于时代服饰特征的直观式描写，类似于还原，此时现代市民小说人物服饰真实展现时代风貌，介绍人物履历，映照服饰史。

> 刚至桥堍，突然有一个后生，穿着月白竹布箭衣，金酱宁绸马褂，从桥下直冲上来……后生道：我叫赵朴斋，要到咸瓜街浪去……④
> （见图1）
> 善卿回头一看，正是外甥赵朴斋，只着一件稀破的二蓝洋布短袄，下身倒还是湖色熟罗套裤，靸着一双京式镶鞋，已戳出半只脚指。⑤
> （见图2）

---

① 马歇尔·麦克卢汉. 理解媒介：论人的延伸 [M]. 何道宽，译. 北京：商务印书馆，2000：159.

② 包天笑. 上海春秋 [M]. 上海：上海古籍出版社，1991：7.

③ 乔安娜·恩特维斯特尔. 时髦的身体：时尚、衣着和现代社会理论 [M]. 郜元宝，等译. 桂林：广西师范大学出版社，2005：2.

④ 韩邦庆. 海上花列传 [M]. 长沙：岳麓书社，2014：2.

⑤ 韩邦庆. 海上花列传 [M]. 长沙：岳麓书社，2014：144.

图 1　郑爽　韩丹 绘

突然有一个后生，穿着月白竹布箭衣，金酱宁绸马褂，从桥下直冲上来……。（出自小说《海上花列传》）

图 2　郑爽　韩丹 绘

　　只着一件稀破的二蓝洋布短袄，下身倒还是湖色熟罗套裤，靸着一双京式镶鞋，已戳出半只脚指。（出自《海上花列传》）

　　韩邦庆《海上花列传》对人物赵朴斋的服饰描写言简意赅，透过出场服饰，读者可以大概了解赵朴斋的性别、年龄、性格等。"月白竹布箭衣，金酱宁绸马褂"，说明他的家境还是比较殷实的，在当时也能算是小康之家。此外，人物开场的服饰与后来因狎妓招致困顿后（拉洋车）的服饰形成鲜明对比，也显示出服饰对于表现人的生存状态的功能。在小说的第二十四回《只怕招冤同行相护 自甘落魄失路谁悲》中赵朴斋的服饰，不言自明，赵朴斋的服饰变化已然说明了他人生境遇的不同。这种直接、自发的服饰表达给读者以最为直观和真切的提示。

　　张春帆的《九尾龟》叙写了文武双全、自命风流的才子章秋谷穿梭流连于青楼妓馆的情爱经历，展现了晚清上海十里洋场的生活。很长一段时间内流于"寓教于恶"的吊诡，有论者指出其"好耸人听闻，形象刻板"[①]，更有论者指出其实为"嫖娼指南"[②]。但是，从妓女形象、文化研究尤其是人物服饰分析，《九尾龟》具有重要的价值。其人物服饰用以表现人物履历性格，交代故事的社会背景。如章秋谷初次出场穿着的服饰：

　　　　正是二月初天气，见他穿着一件白灰色灰鼠皮袍，玄色外国缎草上霜一字襟坎肩，外罩天青贡缎洋灰鼠马褂，颜色配搭得十分匀衬。[③]
　　　　（见图 3）

　　"外国缎""贡缎""白灰色灰鼠皮袍"，从章秋谷服饰的材质看，他经济条件较好，穿搭得比较时尚，自然容易成为妓女猎取的对象。鸳鸯蝴蝶派小说继承晚清小说写实笔法，每一个人物出场时都不惜笔墨细腻描写其服饰，意在框定人物身份、性格，以为后文叙事节省笔力。纵观全篇，小说中的人物服饰描写几乎都是如此。此外，地域性判断也体现在直观的人物服饰中。上海由于特有的生存环境，住房普遍狭窄，活动空间非常有限，再加上夏天湿热的气候，因此每到这时，人们几乎都到弄堂口或马路边乘凉，形成了上

　　① 王德威. 被压抑的现代性：晚清小说新论 [M]. 北京：北京大学出版社，2005：264.
　　② 阿英. 晚清小说史 [M]. 北京：东方出版社，1996：2.
　　③ 张春帆. 九尾龟 [M]. 长春：吉林文史出版社，1998：4.

图 3　郑爽　韩丹 绘

　　见他穿着一件白灰色灰鼠皮袍，玄色外国缎草上霜一字襟坎肩，外罩天青贡缎洋灰鼠马褂，颜色配搭得十分匀衬。（出自小说《九尾龟》）

海一道独特的风景——"男子赤膊，只穿条短裤，女的也只着一件长马甲"①，有人便将这种民俗现象称为"人体展览会"。19 世纪末 20 世纪初，上海还是中国服饰潮流的风向标和显示器，现代市民小说中的外地人举凡踏入上海，无不被服饰吸引。在当时的社会背景之下，通过人物服饰可以判断其地域属性。服饰之间的落差形成的矛盾张力对于塑造人物关系、推动情节发展都是极为重要的。当时的上海也是各国的租界，租界内有维持社会治安以及交通秩序的警察，他们也穿着具有各国特色的警服，如英国的警服便与俄国的不同，而法国的警服也有别于荷兰、奥地利、西班牙等国的警服，可谓一国一制，各有风格。甚至此时的英国在租界内雇佣来自印度的头裹红色包巾的人做警察，因此也被称为"红头阿三"；来自日本的浪人，穿着具有日本风格的和服，头扎发髻，脚踩木屐，身配东洋刀，穿梭于街巷里弄。对于这些租界群像的表现，各色人物的服饰也散见于这一时期的作品中。一言以蔽之，此时的人物服饰风格，仍旧脱离不开服饰的传统形制和特征。

早期鸳鸯蝴蝶派小说对故事中主要人物的形象塑造都遵循一定的模式，不论其相貌、出身、地位、社会文化背景，还是性格、喜好、情感等，基本都能根据人物的服饰穿着打扮略知一二。徐枕亚的《玉梨魂》描述了青年教师何梦霞第一次看到寡妇白梨影后产生了爱恋之情。后来两人虽然情投意合，却终因封建礼教的束缚，不得结合的爱情悲剧。书中塑造了具有现代装束和现代意识的青年男女，不仅有洋装和旗袍，还有偷情和私奔，这在封建意识仍然强大的民国初年，具有明显的进步意义。书中第九章《题影》对白梨影的服饰描述道："梦霞吟毕，复取梨娘赠影，端详审视。画作西洋女子装，花冠长裙，手西籍一册，风致嫣然。"② 该作品创作于清末民初社会转型的特殊时期。从以上白梨影的服饰可知：在这一时期，一方面，人被社会既有的模式塑造着；另一方面，人又在对社会的改造中找寻着自我价值的实现方式。从文中对白梨影照片的服饰还原"西洋女子装""花冠长裙"来看，清末民初的女子已经开始接受来自西方服饰的装扮和审美，也受到西方自主观念的影响。白梨影向往无拘无束、自由的生活，向往西方的婚姻价值观，显示了她

---

① 赵福生. 都市魔方 [M]. 上海：东方出版中心，1997：252.
② 徐枕亚. 玉梨魂 [M]. 南昌：江西人民出版社，1986：57.

对婚姻自主的追求，对社会责任义无反顾的担当，以及对自我社会价值实现的皈依。同时，对人物服饰的描写亦象征了民国政体确立后个性意识在情感驱动下艰难蜕变的真实写照。

如果说在张春帆的《九尾龟》、韩邦庆的《海上花列传》阶段对于人物服饰的描写还是平铺直叙的话，那么《玉梨魂》中的人物服饰描写更像是写意，简简数笔勾勒出人物精气神，而张恨水的《金粉世家》《啼笑因缘》的人物服饰已经是融合了南北风情的自然画卷，整体看来更像连环画，这些文学"服装史"众多面貌需要通篇整体连续来看才有完整的世情关联。如《玉梨魂》中"天寒翠袖薄，日暮倚修竹""缟裳练裙，亭亭玉立"，这样的表述还是相对古典的，类似《红楼梦》那种虚写，将人的形象升华成古典仕女图画片，这种美是文人审美情趣幻化出来的理想符号，正如我们第一章提到的那样，受文人情趣的影响。如在《红楼梦》中，咏白色海棠花"偷得梨蕊三分白，借得梅花一缕魂"隐喻林黛玉的高洁，有异曲同工之妙。推测张恨水的这种世情人物服饰，一样的整体写作风格会继承古典人物服饰，他笔下有青布兰衫的凤喜，也有时髦摩登女郎何丽娜，妖冶华丽的军阀姨太太，民初豪门小姐白秀珠，交际花等，各色的男性人物如学生、军阀、官僚等，每样人物都会有各自不同的衣饰特点，有的实写有的虚写或留有想象空间的不写。人物服饰成为现代市民小说的重要书写元素之一，与此时文学作品中自发感官的服饰描写分不开，正是自发性的服饰描写被很多作家所重视，才有日后服饰描写在海派中的发展。

二、间接写意化人物服饰

早期鸳鸯蝴蝶派小说的人物服饰描写是对明清世俗小说笔法的承袭。在中西交融的文化背景下，受西方文学的影响，包括鸳鸯蝴蝶派小说家在内的中国作家积极追求新小说。在人物服饰方面，为了从环境、背景、身份揭示向性格、心理层面深入，开始由自发描绘向自觉刻画过渡。

乔安娜·恩特维斯特在《时髦的身体——时尚、衣着和现代社会心理》中指出："以至于这三者——衣装、身体和自我——不是分开来设想的，而是作为一个整体同时被想象到的。"[①] 在早期的鸳鸯蝴蝶派小说中，人物服饰作

---

① 乔安娜·恩特维斯特尔. 时髦的身体：时尚、衣着和现代社会理论［M］. 郜元宝，等译. 桂林：广西师范大学出版社，2005：6.

为衬托和凸显女性外貌的一种手段，突出性的诱惑。如在包天笑的《补过》中，在云英以衣服修饰自己之后，柳吉人觉得她不再落魄，而是恢复了之前的可爱。《金粉世家》中史春凭借潮流的服饰得到客人的喜爱。对于妓女而言，服饰常常直接被当成性暗示的工具。对于女性和衣服的关系，西美尔将其归结为："当女性表现自我，追求个性的满足在别的领域无法实现时，时尚好像是阀门，为女性找到了实现这种满足的出口。"① 晚清上海市民阶层兴起，娱乐的方式和空间被极大地拓展，休闲潮流观念开始盛行。商业文化、娱乐文化、市民文化等不同形式文化在城市娱乐空间中汇集，在大众文化景观中交杂。加之资本主义和买办资产阶级的需求，上海娼妓业复兴。王书奴在《中国娼妓史》中指出："1824 年，娼妓业已有与工商业骈进之势。"②王韬在《海陬冶游续录》中说："沪游一隅之地，靡丽纷华，甲于天下。"③ 妓女们出于生存需要，必须善工狐媚，也必须以最为新颖艳丽的装扮活跃于城市中的娱乐场所，成为社会猎奇的对象。由是观之，颜色亮丽的"花边"服饰、装饰精致一则符合妓女的身份特征，二则还原了晚清上海娱乐化的世俗风情，反映市民阶层日常生活消费理念、娱乐观念、审美情趣和生活伦理的改变。

> 龙蟠珠也走过来应酬两句，穿着一身湖色洋纱衫裤，内衬妃色紧身，梳一个懒妆髻……簪着几朵珠兰，不施脂粉，不衫不履的样儿，打扮得甚是雅素。
>
> （见图 4）
>
> 只见金小宝坐在当窗一张桌上……身上穿一件半新的湖色熟罗短袄，衬着粉红席法布紧身，胸前的钮扣一齐解散，微微的露出酥胸；内着湖色春纱兜肚，下身穿一条品蓝实地纱裤子；脚下拖着一双湖色缎子绣花拖鞋，双翘瘦削，就如玉笋一般，不盈四寸。④

① 齐奥尔格·西美尔. 时尚的哲学 [M]. 费勇，等译. 广州：花城出版社，2017：108-109.
② 王书奴. 中国娼妓史 [M]. 北京：团结出版社，2004：286.
③ 武舟. 中国妓女文化 [M]. 上海：东方出版中心，2006：262-263.
④ 张春帆. 九尾龟 [M]. 长春：吉林文史出版社，1998：168.

图 4　郑爽　韩丹 绘

　　穿着一身湖色洋纱衫裤，内衬妃色紧身，梳一个懒妆髻……簪着几朵珠兰，不施脂粉……（出自小说《九尾龟》）

上述引文是第二十六回人物龙蟠珠的服饰——紧身裸露，犹抱琵琶半遮面，直接呈现出情色暗示的意味。如此，章秋谷见了这般风格便呆呆地观望一言不发。当然，张春帆这种直观赤裸的表达也引发了文坛的论争。鲁迅先生在《中国小说的历史变迁》中为其贴上"狎邪小说""溢恶小说"的标签。1917年《民国日报》作家成舍我与作者张春帆展开论争。《上海文学通史》将《九尾龟》"溢恶"的特点概括为："上海的才子们注重现实精神从而摒弃理想化的色彩，一反以往狎邪小说的美化风格，揭露机缘的商业色彩和骗局。"①无论是褒还是贬，小说的写实笔法是毋庸置疑的。

> 他马上换了一套西装，配上一个大红的领结，又拣了一双乌亮的皮鞋穿了。手上拿着一根柔软藤条手杖……忽然记起来还没戴帽子。身上穿的是一套墨绿色的衣服，应该也戴一顶墨绿色的帽子。②
>
> （见图 5）

从金燕西的服饰可知，他是一个现代青年。这个人物风流倜傥，喜欢向妇女献殷勤，是一个多情种，而且是一个仰仗担任国务总理父亲权势的人。他整日游手好闲，不务正业，广交女友。自从他与一群朋友去西山郊游，与女学生冷清秋邂逅后，从此对冷清秋一见钟情，欲罢不能。通过服饰描写，作者将金燕西塑造成一个纨绔子弟的形象，家里有钱，潇洒叛逆，活脱脱一个现代贾宝玉。

> 穿一套窄小的黑衣裤，短短的衫袖，露出雪白的胳膊，短短的衣领，露出雪白的脖子，脚上穿一双窄小的黑绒薄底鞋，又配上白色的线袜，漆黑的头发梳着光光两个圆髻……③
>
> （见图 6）

① 邱明正. 上海文学通史［M］. 上海：复旦大学出版社，2005：283.
② 张恨水. 金粉世家［M］. 武汉：长江文艺出版社，2014：12.
③ 张恨水. 金粉世家［M］. 武汉：长江文艺出版社，2014：28.

图 5　李晓彤　韩丹 绘

　　他马上换了一套西装，配上一个大红的领结，又拣了一双乌亮的皮鞋穿了。手上拿着一根柔软藤条手杖。（出自小说《金粉世家》）

图 6　李晓彤　韩丹　绘

　　穿一套窄小的黑衣裤，短短的衫袖，露出雪白的胳膊，短短的衣领，露出雪白的脖子，脚上穿一双窄小的黑绒薄底鞋，又配上白色的线袜，漆黑的头发梳着光光两个圆髻。

（出自小说《金粉世家》）

从以上人物服饰刻画可见，这位女性人物是出身寒门的书香之女，才貌双全，虽然家境贫寒，但性格外柔内刚，颇有学识。自她进入金府，目睹了金府上下的腐败与衰落。最后，她在金府的大火中携幼子出走金家，开启了一种自食其力的拥有尊严的平民生活。身在豪宅，却能保持着那份尊严与清醒，她既有"齐大非偶"的认知局限，又有反抗封建思想和封建束缚的可贵抗争。服饰把少女冷清秋的女学生装扮描写得自然清雅，楚楚可人。冷清秋的衣饰和热闹风骚的乌二小姐交际花们相比实在出尘得很，也是社会转型期文人审美的一种落寞，通过衣饰反映出来的实际是文人的冷清和哀怨。

> 今天白秀珠也来了，穿着一件银杏色闪光印花缎的长衫，挖着鸡心领，露出胸脯前面一块水红色薄绸的衬衫。衬衫上面，又露出一串珠圈，真是当得艳丽二字。①
>
> （见图7）

从以上对白秀珠的服饰描写可知，她是一个美丽而高傲、现代而传统的女子。她开始非常迷恋金燕西，即便是自尊心多次遭到金燕西的伤害，仍一心幻想成为金家的七少奶奶。在金燕西结婚以后还想重新"夺回"他，最后爱情和婚姻双双落空。

综上所述，早期鸳鸯蝴蝶派小说承袭明清世俗小说写实手法，通过客观写实或间接写意的人物服饰，揭示人物身份、时代特征、地域属性，衬托人物外貌、性格和心理。但是，从在文本中的功能以及背后的写作动机分析，早期鸳鸯蝴蝶派的服饰描写可以被理解为一种写作的惯性，着意雕琢设计较少，因为发挥功能也有限。受外国文学影响，随着时代发展，鸳鸯蝴蝶派小说也展现出一种新质，连接晚清文学与新文学，推动了中国文学的现代转型，在人物服饰描写上由感官自发性向文学直觉性过渡，这也更好地呈现出"城市服装的动态演变过程"与文化的内在关联。

---

① 张恨水. 金粉世家 [M]. 武汉：长江文艺出版社，2014：52.

图 7　李晓彤　韩丹 绘

（白秀珠）穿着一件银杏色闪光印花缎的长衫，挖着鸡心领，露出胸脯前面一块水红色薄绸的衬衫。衬衫上面，又露出一串珠圈。（出自小说《金粉世家》）

第二部分　文学"服装史"：
20世纪30年代市民小说的人物服饰

　　在海德格尔看来，"技术大地化"的时代，物质文明才是现代的"世界图像"，构成了现代人的"日常生活"。"技术大地化"的主要特征在于"物"的大量涌现和人的无力反抗。20世纪30年代，上海"声光化电"的都市景观与摩登时髦的现代商品改变并重塑了传统道德、人们的生活方式，以及艺术。在此背景之下，"那些矫揉造作的政治小说，那些刻板的公式化作品，青年人似乎早已厌倦了，开始想呼吸一些新鲜空气，渴望从人类心灵自然流露出的艺术品，那些确能表现生命内在情感的小说"[①]。由此，新感觉派小说应运而生。新感觉派代表作家和作品有张资平的《爱之涡流》《紫云》《上帝的儿女们》，叶灵凤的《时代姑娘》，以及刘呐鸥的《都市风景线》，施蛰存的《将军底头》《梅雨之夕》，穆时英的《南北极》《公墓》《白金的女体塑像》《圣处女的感情》，等等。

　　"一九八五年严家炎《三十年代的现代派小说——中国现代小说流派之五》和《论三十年代的新感觉派小说》两篇文章的发表标志着'中国新感觉派'在中国大陆的正式成立。"[②]自此之后，这个天然存在而后被不断命名的流派进入文学史叙事和各类文学专题研究，受到广泛关注与研究。严家炎之所以将其命名为"新感觉派"，原因有两个：一是流派主要作家早在1932年《现代》杂志创刊时已集结在一起，时任主编正是施蛰存；二是从理论源流入手，他认为"中国新感觉派实际上是把日本这个流派起先提倡的新感觉主义与后来提倡的新心理主义两个阶段结合起来了"[③]。但学者史书美认为，中国新感觉派与日本新感觉派是有区别的，其明显区别是上海新感觉派与大众文

---

①　无名氏. 无心荡漾 [M]. 南京：江苏文艺出版社，2001：235.
②　唐蕾. 中国"新感觉派"命名史考察 [J]. 当代作家评论，2016（3）：19.
③　严家炎. 中国现代小说流派史 [M]. 武汉：长江文艺出版社，2009：140.

化合作密切。由是观之，新感觉派小说家善用心理分析和意识流的方法，追求"奇异的陌生化"效果，这一写作模式深受西方现代派尤其是直觉主义思潮的影响。从根源上讲，意识流理论渊源于伯格森的直觉主义思潮、弗洛伊德的无意识理论和威廉·詹姆斯的意识流思想。直觉主义在 20 世纪初真正成为一种学说和思潮，核心观点在于强调直觉式和感受式的体验，主要是指与对象之间通过直接感受、感觉来生成体验，并与整个环境和对象契合，代表人物是法国哲学家亨利·伯格森。他在《创造进化论》《形而上学引论》等著作中认为，直觉是在记忆的基础之上形成的，记忆是形成于人脑中的关于过往实践的意识影像，当记忆被连接以后便形成一个连续不断的意识流，而长时间记忆的积累与浓缩会形成"直觉"。关于"直觉"，他还指出："所谓直觉就是指那种理智的体验，它使我们置身于对象的内部，以便与对象中那个独一无二、不可言传的东西相契合。"① 直觉能使人突然看到处于对象后面的生命的冲动，看到它的整体，哪怕只在一瞬间。记忆之外，伯格森直觉主义非常注重"心理时间"，也就是先验的时间，被其称为"绵延"。它是一直流动、不断变化更新的，无法重复，且只存在于人们的记忆中，用于描述人的意识活动。

从文本实际来看，新感觉派小说的人物服饰描写带有一定的直觉性特征，主要通过直觉感受或者意象呈现。具体来说，以意识流和心理分析手法揭示小说人物心理，挖掘小说人物的潜意识，刻画塑造小说人物的典型性格。他们以感觉为中轴，艺术地反映和表现都市生活，并以此构建小说框架。因此，在一定程度上，小说受作者感觉主导和支配。小说客体中浸润着小说家的主观感觉和印象，感觉的外化使描写客体浸润，弥漫着强烈的主观情绪，造成一种主客体高度相同的新的现实，以取得"陌生化的奇异效果"② 。上述特征映射在人物服饰文本刻画中，主要表现为意识流与蒙太奇式描写。

一、意识流化人物服饰

20 世纪初，在机械躁动轰鸣的年代里，新感觉派作家必选的"现代都市

---

① ［法］亨利·詹姆斯. 形而上学引论［M］∥蒋孔阳，朱立元. 二十世纪西方美学名著选 上. 上海：复旦大学出版社，1987：128.

② 张雪红. 论 20 世纪 30 年代新感觉派小说的现代性与艺术性［J］. 求索，2012（6）：71.

是动的，充满着动感"。因此，包括服饰在内的"流动"的物质景观构成了新感觉派小说表现的重点。物质"流动"实质是意识流笔法的体现。新感觉派小说中充满了快速流动的物质符号，如汽车、火车、闪烁的霓虹灯、舞厅的旋转门以及电梯等，时刻传达着机械时代的速度。正如刘呐鸥所指出的："不但这衣服是机械似的，就是我们住的家屋也变成机械了。"[①] 当然，前卫时髦的服饰、现代建筑以及各种娱乐方式所体现的都市人的生活与审美变化也是时代速度的重要组成部分。

> 看了那男孩式的断发和那欧化的痕迹显明的短裙的衣衫……但是胸前和腰边处处的丰腻的曲线是会使人想起肌肉的弹力的……人们总知道她是刚从德兰的画布上跳出来的……[②]

此时上海服饰风格深受法国巴黎风格的影响，小说中的人物服饰如同西洋绘画中跃出的人物，显示出一种时髦、洋气的感觉，能引起读者阅读兴趣的，正是这种充满异域风情的具有罗曼蒂克风格的人物服饰形式。引文中刘呐鸥使用"德兰的画布"[③] 来暗示小说中人物服饰色彩狂野、具有视觉冲击力，给人以不合常理的感觉，而恰是这般服饰感觉彰显出人物的个性。

这一阶段现代市民小说中对于服饰的描写精彩纷呈，既能体现出服饰本身的多彩多样及美感，又能体现人物的身份、社会地位、兴趣爱好等；与此同时，还能表现作品的内涵和审美意蕴。新感觉派小说家已经有意识地驾驭重组文学手法，引入了多元化的艺术元素，也开始注重人物服饰描写的手法，经常性地借用绘画、电影等视觉性的语言到人物服饰塑造中，增强文字的表现力。如人物服饰表现的形象呈破碎化的趋势出现，一个裙角、一条项链、一顶礼帽，可以凭借任何形式通过感觉来显示意义。而这些服饰正是通过破碎的形象标志来显示人物在社会中被碾压的人性，无论是外在呈现出的不完整的形象，还是内在体现的扭曲的精神内涵，都将时代赋予的服饰特点发挥

---

① 刘呐鸥. 风景［M］// 王彬. 中国现代小说、散文、诗歌名家名作原版库：简装书. 北京：中国文联出版社，1998：14.

② 刘呐鸥. 风景［M］// 王彬. 中国现代小说、散文、诗歌名家名作原版库：简装书. 北京：中国文联出版社，1998：10.

③ 德兰，法国野兽派画家、雕塑家，也是出色的舞台美术家和服装设计师。

到极致。人物服饰已经脱离了传统文学的履历意义，向更为西化的方向发展。服饰被作者主观分解，虽然外在形象是破碎的重组，但作为作品背后的操纵者（作者），绝对是要在服饰履历外灌注个性。服饰描写的直觉感性清晰地合成了作家所需要的人物服饰。此外，作家们也把新奇性、刺激性当作文学的现代意识融入作品之中，使其迅速成为一种关注个体的审美，以个性彰显作品的价值。如刘呐鸥在《两个时间的不感症者》中写道："透亮的法国绸下，有弹力的肌肉好像跟着轻微运动一块儿颤动着……从灰黑色的袜子透出来的两只白膝头离开。"① 作者透过近代女子美丽的服装，看到了女性的肌肤，感受到她肌肉的跳动，很明显这是服饰的演变。这时的服饰不仅是向读者介绍人物，更多倾向于表现人物自身。

> 当中那片光滑的地板上，飘动的裙子，飘动的袍角，精致的鞋
> 跟，鞋跟，鞋跟，鞋跟，鞋跟。蓬松的头发和男子的脸……②

以上人物服饰是客观物象经过创作主体独特的情感活动而创造出来的艺术形象。比如像这种"意识流"所创造出来的服饰意象，无论是裙子、袍角、精致的鞋跟等，这些东西都在作者主观的意识流动中形成强烈的视觉震撼和气氛冲突。"鞋跟、鞋跟、鞋跟、鞋跟"服饰重复出现正是作者感受的表现。显然，传统的审美聚焦已然无法有效跟随物质的快速流动，新感觉派小说家以"漂移"视角和"狂欢式"话语抓取和表述服饰文明的物象。"主人公的视角自由而迅捷地在不同的物体间来回'跳动'，肢体、灯光、酒杯、指头、嘴唇、眼光……满天飞散的物质碎片被奔逸的思维串接起来，通过闻、视、触、味等感觉器官将人的主观感受渗透融合到被感知的客体之中，化作急促的、宣泄的、'狂欢'式的词语片段和语速节奏，最终汇成一股绵延不绝又来去匆匆的'感觉流'，猛烈冲击着读者的审美神经，带来机械文明的现代性刺激。"③ 在某种程度上，新感觉派为后期具有启示性的人物服饰奠定了基础。

---

① 刘呐鸥. 两个时间的不感症者［M］// 王彬. 中国现代小说、散文、诗歌名家名作原版库：简装书. 北京：中国文联出版社，1998：43.

② 穆时英. 上海的狐步舞［M］// 吴景明. 20 世纪中国文学争议作品书系. 南昌：二十一世纪出版社，2013：56.

③ 李俊国，李汉桥. 论新感觉派的物态化叙事［J］. 中国现代文学研究丛刊，2013（4）：96.

二、蒙太奇化人物服饰

"技术大地化"时代，传统写实的表达方式日趋边缘化，以物质景观特别是都市文明为中心、以视觉技术为表达方式的注重日常世俗性小说开始流行。物化的技术化的审美思维和叙事方式成为现代小说的重要特征。20世纪30年代，现代媒介崛起，冲击并逐渐取代以文字为中心的叙事方式，其中最为强大的媒介就是电影。[①] 诗人庞德曾经指出："而'大都市'天生就是属于电影的，这同本雅明'机械复制'的观点相吻合——作为工具性的现代技术（同样是物）不断地影响审美思维，现代技术美学与都市书写间达成了彼此同构和默契。"[②] 电影中的蒙太奇、快速场景变化、特写、叠印等艺术手法被小说家广泛模仿。美国学者爱德华·茂来更是进一步指出："1922年而后的小说史，即《尤里西斯》问世后的小说史，在很大程度上是电影化的想象在小说家头脑里发展的历史。"[③] 客观评述文学与艺术相通，相互模仿、相互借鉴，小说与电影在此意义上是融合共通的。30年代上海已是"东方好莱坞"，新感觉派小说家们也非常喜欢看电影。他们习惯"到北四川路一带看电影，或跳舞。一般总是先看七点钟一场的电影，看过电影，再进舞场，玩到半夜才回家"。[④] 他们潜心研究和探索电影艺术，还直接参与电影评论与编剧的相关工作。新感觉派小说企图推进文学与电影的交融，进而"自觉地把电影叙述方式引向小说"，最终"性格地描写机械文明的社会的环境"。于是，电影中的蒙太奇[⑤]手法被新感觉派小说家植入小说创作中。

穆时英小说《夜总会里的五个人》，以蒙太奇的电影手法表现了生活在都市中的人在近乎疯狂的生活节奏下的烦躁情绪。对此，严家炎曾经评价说："小说有异常快速的节奏，电影镜头般跳跃的结构，在读者面前展现出眼花缭

---

① 爱德华·茂来. 电影化的想象：作家和电影［M］. 邵牧君，译. 北京：中国电影出版社，1989：4.

② 李俊国，李汉桥. 论"新感觉派"的物态化叙事［J］. 中国现代文学研究丛刊，2013（4）：96-98.

③ 爱德华·茂来. 电影化的想象：作家和电影［M］. 邵牧君，译. 北京：中国电影出版社，1989：5.

④ 施蛰存. 我们经营过三个书店［M］// 施蛰存. 沙上的脚迹. 沈阳：辽宁教育出版社，1995：13.

⑤ 蒙太奇一词，是法文 montage 的译音，原意指建筑上的结构和装配。借用到电影中来，就是镜头的组合关系和连接方法。

乱的场面，以显示人物的半疯狂的精神状态，所有这些，都具有现代主义的特点。"① 小说分别描写了"五个从生活里跌落下来的人"：破产老板胡均益、交际花黄黛茜、大学生郑萍、市政秘书缪宗旦以及学者季洁。穆时英聚焦上海的夜总会，在服饰中敏锐捕捉到都市人敏感、纤细、复杂的心理感觉。20世纪30年代大上海广阔的社会生活场景，都市生活的现代性和都市人灵魂的喧哗和骚动，以及沉溺于都市享乐的摩登男女的情欲世界，在穆时英圆熟的蒙太奇、意识流、象征主义艺术手中栩栩如生。如描写破产资本家胡均益"一个穿毛葛袍子，嘴犄角儿咬着象牙烟嘴的中年人猛的晕倒了"②；描写交际花黄黛茜"脸正在笑着，在瑶玛希拉式的短发下面，眼只有了一只，眼角边有了好多皱纹，却巧妙地在黑眼皮和长眉尖中间隐没啦。她有一只高鼻子，把嘴旁的皱纹用阴影来遮了，可是那只眼里的憔悴味是即使笑也遮不住了的"③。作品中通过人物服饰呈现现代都市文化的颓废色彩、感伤色彩，以及现代文明与人的文化冲突。具体分析，小说以蒙太奇的手法将看似无序的事件打乱、重组、拼贴表现纷繁芜杂的街景。拼贴是技术美学的典型手法，来源于现代媒介，主要指将传统的叙述、描写专项模拟和拼贴，进而赋予现代小说奇异、空间化的艺术效果。

> 白的台布旁边坐着的穿晚礼服的男子：黑的和白的一堆：黑头发，白脸，黑眼珠子，白领子，黑领结，白的浆褶衬衫，黑外褂，白背心，黑裤子……④

此处穆时英运用了色彩蒙太奇，色彩的镜头以动态的方式显现，随着描写内容变化，镜头呈现出异彩纷呈的光潮，实现传达思想、表现情绪和创造意境的功能。镜头来回跳切、回闪，达到了红绿对比的冲突效果。正如梵高所说："只要说明黑色和白色也是色彩就足够了。在许多情况下，它们本来就

---

① 严家炎. 严家炎论小说 [M]. 南昌：江西高校出版社，2002：155.

② 穆时英. 夜总会里的五个人 [M] // 穆时英. 中国新感觉派圣手：穆时英小说集. 北京：中国文联出版社，1995：182.

③ 穆时英. 夜总会里的五个人 [M] // 穆时英. 中国新感觉派圣手：穆时英小说集. 北京：中国文联出版社，1995：190.

④ 穆时英. 夜总会里的五个人 [M] // 穆时英. 中国新感觉派圣手：穆时英小说集. 北京：中国文联出版社，1995：188-189.

是被当成色彩的，它们之间的对比，也和绿色与红色之间的对比一样引人注目。"① 黑白对比看似只是对现实氛围的描写，但是其中隐含着一种暗示，暗示现代都市是"建在地狱上的天堂"。

　　由于受到西方现代主义文学的影响，使得当时生活在都市里的人们，尤其是普通的市民，普遍感到失落、焦虑。穆时英提出的人已经成了"Jazz，机械，速度，都市文化，美国味，时代美……的集合物"②，唯独没有了自己，只是都市文化"排泄"的渣滓。而这就是现代都市压抑下扭曲的文化价值观，人成了衣帽服饰，变成了金钱数字，人成了"方程式"，人成了非人，遭受压抑的人，会突然觉得繁华的马路如同沙漠一样。直觉感受与感性的描写比比皆是。关于这一点，在穆时英的《夜总会里的五个人》中也能体会到："天空中有了酒，有了灯，有了高跟儿鞋……亚历山大鞋店，约翰生酒铺……"③ 穆时英所呈现的现代市井生活的片段都以"蒙太奇"的手法将其零散地呈现，文中对于人物服饰的呈现没有细腻的大段落的交代，只是作为一种意象出现，如"有了高跟儿鞋""亚历山大鞋店"等。正是这种对于人物服饰琐碎的直观感觉的描画，一方面呈现出当时人们生活的场景或模式，另一方面也反映了作者在创作小说时对于人物服饰的意象表达。此外，光、影、空间结构等手法也是技术化描写的重要组成部分，运用它们描写服饰拓展了审美方式的多样性，营造出奇特的艺术景观。如穆时英在《被当作消遣品的男子》和《白金女体塑像》中的描写：

　　　　她肩上围着白的丝手帕，风吹着它往后飘，在这飘着的手帕角里，露着她的笑……白云中间现出了一颗猫的脑袋，一张笑着的温柔的脸，白的丝手帕在音乐似的头发上飘。④

　　　　轻柔的裙角，轻柔的鞋跟……这第七位女客穿了暗绿的旗袍……一副静默的，黑宝石的长耳坠子，一只静默的，黑宝石的戒指，一只白金手表。⑤

　　① 杨迎平. 论新感觉派小说的电影蒙太奇抒写［J］. 社会科学，2018（6）：172-173.
　　② 穆时英. 被当作消遣品的男子［M］//穆时英. 中国新感觉派圣手：穆时英小说集. 北京：中国文联出版社，1995：159.
　　③ 穆时英. 夜总会里的五个人［M］//穆时英. 中国新感觉派圣手：穆时英小说集. 北京：中国文联出版社，1995：187-188.
　　④ 穆时英. 被当作消遣品的男子［M］//穆时英. 中国新感觉派圣手：穆时英小说集. 北京：中国文联出版社，1995：161-162.
　　⑤ 穆时英. 白金女体塑像［M］//穆时英. 中国新感觉派圣手：穆时英小说集. 北京：中国文联出版社，1995：275.

以上通过人物服饰反映了上海都市男女夜生活的种种场景。当然，这些场景是作为社会发展的一种表现来述说的。可以说，一种电影技法的荟萃，将城市真正作为声、光、电的物象世界而浮现出来。《上海的狐步舞》一改传统线性叙事方式，多条叙事线索交叉形成立体的叙事结构，多维展示都市生活的不同面向，如夜生活、杀人等。现代都市的畸形与繁华尽显其中，融入其中的紧张跃动和狂乱的情绪也跃然纸上。

陈平原在《中国小说叙事模式的转变》中指出，晚清新小说和五四小说突破了传统小说全知叙事的模式，采用第一人称和第三人称叙事。在此基础之上，新感觉派小说则将二者相互融合，创新生成一个全新的叙事视角——电影镜头视角，在描述镜头内外情景的同时，甚至能够捕获人的内心，实现外在写实到心理写实的发展。对此，唐小兵指出："现代城市文化的动力是提供一系列可变空洞的形式，内容却必然地被淡化抽空了。"[①] 在一定程度上，对于"速度""节奏""视觉"的过度追求，也导致小说外在形式感过强，缺乏深沉和厚重感。

综上所述，20 世纪 30 年代，新感觉派在人物服饰上大胆实践西方现代主义写作手法。他们用不完全的服饰形象，比如一个裙角、一只衣袖、鞋跟、耳坠等很难拼凑成一个完整的人，刻意制造出这些视觉上残破的服饰意象。新感觉派"在直觉中混合着错觉、幻觉，追逐现代都市风景线上灯红酒绿、瞬息万变的光潮，不是用深沉的心灵，而是用神经末梢去感受声色的刺激"。[②]正如塞米利安说："技巧成熟的作家，总是力求在作品中创造出行动正在持续进行中的客观印象，有如银幕上的情景。"[③] 他们的服饰已不再是作家的自发行为，而是在日本新感觉派和西方现代主义思潮影响下的直觉性选择。新感觉派作家对意识流和蒙太奇手法的借鉴和使用，是对小说创作技巧的推进，显示了他们艺术感知的敏锐性和技法的现代与超前，同时也完整体现了"城市服饰演变"负载现代文化的丰富性和复杂性。

---

① 唐小兵. 英雄与凡人的时代：解读 20 世纪 [M]. 上海：上海文艺出版社，2001：266.

② 杨义. 作为文化现象的京派与海派 [M] // 白烨. 2001 中国年度文论选. 桂林：漓江出版社，2001：265.

③ 利昂·塞米利安. 现代小说美学 [M]. 宋协立，译. 西安：陕西人民出版社，1987：9.

第三部分 文学"服装史"：
20世纪40年代现代市民小说的人物服饰

　　有研究者指出："总体来说，20世纪的中国现代小说家起码深受三种因素的影响：传统的古典小说、西方的现代小说和新兴的电影艺术。"[1] 就现代市民小说人物服饰来说，鸳鸯蝴蝶派小说受传统古典小说影响较多。新感觉派小说借鉴电影艺术，融入意识流与蒙太奇等现代小说技巧，以流动的映像，拼贴、织接物象片段或碎片，突破线性叙事，促成了小说文体的一次革命，实现了20世纪现代小说艺术实验和发展的趋势。[2] 究其根本，新感觉派对于电影的借鉴是一种形式的模仿或嫁接，尚未抵达人生和人性深处。基于此，沈从文认为穆时英的小说创作"也许觉得这些东西比真的还热闹、还华美，但过细检查一下，便知道原来全是假的"。[3] 其实质在于批评新感觉派小说电影化叙事缺乏对生命质感的深度观照。在此二者基础之上，张爱玲将创作焦点从都市虚幻的现代性想象切换为都市内人的生命形态，从"外化"转向"内化"，从"西化"转回"中化"。这也与战争有关，此时上海沦陷，人们满是感伤、虚无和失败的情绪，与旧有的都市形态纠结，生存的巨大压力使下层市民更加迷恋世俗生活。对于作家而言，他们更热衷于表现都市繁华的沉迷与危机、消费和娱乐，张爱玲与苏青在此之外还关注到了市井平民的文化心理。因此，张爱玲笔下人物服饰是从直觉表现到意象营构，服饰成为其重要的意象选择。服饰意象既表征小说人物外在身份、内在思想心理以及审美取向，也蕴含着张爱玲对生活的深切感悟，同时彰显其现代审美取向。40年代的"孤岛"文坛，苏青与张爱玲交相辉映，"徐訏和无名氏的市民小说大多以都市为背景，但人物与故事夸张和想象成分浓厚，缺少现实生活依据，其意也不在表现市民生活"[4]。因此，本文主要选取张爱玲和苏青作为40年代现

---

　① 刘澍，王纲. 张爱玲的光影空间［M］. 北京：世界知识出版社，2007：55.

　② 李今. 海派小说与现代都市文化［M］. 合肥：安徽教育出版社，2000：160-161.

　③ 沈从文. 沈从文全集（第16卷）［M］. 太原：北岳文艺出版社，2002：234.

　④ 王晓文. 二十世纪中国市民小说论纲［D］. 济南：山东大学，2006.

代市民小说的代表作家加以论述。

一、人物服饰的精神隐喻

钱理群认为，写作对于沦陷区作家而言，具有"解决精神的饥渴与谋生的物质需求"的双重意义，作家也徘徊于"内在精神追求"与"市场需求"之间，艰难地寻求二者的契合。① 人物服饰在一定程度上可以实现两种需求的平衡。人物服饰具有强烈的表述性，身穿何种服饰，就代表着对某种意识形态、价值观、社会秩序的遵从。在一定程度上，人穿着的服饰也是对既定政治秩序、社会生活、经济形势的反映，生动真实而又残酷。如苏青在《结婚十年》中写道："我换了套大红绣花衫裙——那是旧式结婚的新娘礼服——头上戴着珠冠，端然面南而坐。"② 女性在任何时代都会在衣衫上搞名堂。外显的服饰是一种达到人物内心深处的途径，读者通过阅读小说中的人物服饰，可以联想和想象人物的内心世界，分析出他的心理和潜意识。

施济美与张爱玲、苏青不同，她的作品中几乎没有表现性爱、婚姻和价值三者之间的矛盾纠葛。她以自身的生命体验为蓝本书写上海都市的女性故事，试图唤醒沉溺于欲望和肉体欢愉之中的都市女性。基于现实生活基础，她在小说中通过人物服饰描摹关照女性精神世界。《十二金钗》中的韩叔慧表面是受人尊重的妇女界领袖、成功女性，但是这种成功是建立在牺牲青春与婚姻的基础之上的。面对爱人抛弃、年龄增长、女儿不能相认的现实境况，韩叔慧的精神心理陷入绝境，最终成为自怨自艾、可怜可叹的弱者。这一切从她的服饰中可见一斑：

> 从斜对面梳妆台的长镜中，可以见到她侧面全身的影子，趿着拖鞋，半旧的黑呢旗袍，睡过午觉的脸，蓬松未整的头发，疲倦，黯淡，没有一点精神，没有一点光彩，和平时那个神采奕奕的韩叔慧简直是两个人，完全两个人。③
>
> （见图 8）

① 钱理群. 找回失落的文学世界：答《南方文坛》记者问 [J]. 南方文坛，1999（5）：21-25.
② 苏青. 结婚十年 [M]. 北京：中国妇女出版社，2015：9.
③ 施济美. 十二金钗 [M] // 汤雪华，等. 小姐集. 北京：人民文学出版社，2007：131.

图 8　郑爽　韩丹 绘

　　趿着拖鞋，半旧的黑呢旗袍，睡过午觉的脸，蓬松未整的头发，疲倦，黯淡，没有一点精神。（出自小说《十二金钗》）

文中此处人物的服饰与平时神采奕奕的韩叔慧判若两人，她内心的幻灭感呼之欲出。施济美通过服饰精准表达了韩叔慧濒临崩溃的精神状态。施济美小说中的女性独立是相对的，仍未真正摆脱男权、物质和社会地位等诸多因素的束缚，因此她们在残酷现实中的命运走向几乎都是悲剧性的。张爱玲对服饰的一些论断，也可以看得出她对服饰反映生命和世事的态度：

> 生命是一袭华美的袍，上面爬满了虱子。（《我的天才梦》）①
> 衣服是一种言语，随身带着的一种袖珍戏剧。（《童言无忌》）②
> 我们各人住在各人的衣服里。（《更衣记》）③

张爱玲真的做到了生活如舞台，服饰为道具。她躲在服饰的庇护下演绎生命和世事的沧桑，也用人物服饰炮制出一幕幕精彩的大戏，制造着一个个属于人生的传奇。张爱玲在《等》中写道："挨挨挤挤仍旧晾满了一阳台的衣裳……生命自顾自走过去了。"④《金锁记》中，张爱玲所打造的服饰是精神外化的服饰描写，营造出独特视角的"张式美学"。对于长白和长安兄妹的服饰，体现出封建观念对于人性的压迫和摧残：

> 七巧的儿子长白，女儿长安……一个穿着品蓝摹本缎棉袍，一个穿着葱绿遍地锦棉袍，衣服太厚了，直挺挺撑开了两臂，一般都是薄薄的两张白脸，并排站着，纸糊的人儿似的。⑤

"品蓝摹本缎棉袍"和"葱绿遍地锦棉袍"都是清末的老式样，而这种恢

---

① 张爱玲. 我的天才梦［M］∥金宏达，于青. 张爱玲文集（第4卷）. 合肥：安徽文艺出版社，1992：28.

② 张爱玲. 童言无忌［M］∥金宏达，于青. 张爱玲文集（第4卷）. 合肥：安徽文艺出版社，1992：90.

③ 张爱玲. 更衣记［M］∥金宏达，于青. 张爱玲文集（第4卷）. 合肥：安徽文艺出版社，1992：32.

④ 张爱玲. 等［M］∥金宏达，于青. 张爱玲文集（第1卷）. 合肥：安徽文艺出版社，1992：173.

⑤ 张爱玲. 金锁记［M］∥金宏达，于青. 张爱玲文集（第2卷）. 合肥：安徽文艺出版社，1992：106.

复古典叙事的服饰描摹，是新感觉派小说中直觉感官体验下服饰描写所欠缺的。人们在追随西式审美跑了太远之后，复古的服饰美学又回到人物服饰中，与西画中将人物线条提炼为人物形象，薄薄的两张白脸，玩偶似的身躯形成了独特的精神外化的人物服饰。而其在《花凋》中描写川嫦穿着的服饰时，张爱玲营造的人物服饰意象是不洁、疾病、死亡的格调。张式压抑的悲剧在无人关注的世界里，人物通常穿着他们的"戏服"悄无声息地走向精神自毁，或者真正的死亡：

> 川嫦可连一件像样的睡衣都没有，穿上她母亲的白布褂子，许
> 久没洗澡，褥单也没换过。那病人的气味……①

没有"一件像样的睡衣"，只能穿"母亲的白布褂子"，这与她理想中花花世界里最愉快的东西，橱窗里、时装样本上，最艺术化的房间都相差太远了。服饰已经和人的身体灵魂合一，外穿的衣就是人的内在，人的精神世界就是外显的衣。20世纪40年代，上海的服饰潮流就已经和世界同步发展了，旗袍的穿着更为自由随意，没有固定的样式。葱白素绸长袍看起来已经落伍，张爱玲本身对清朝服饰的嗜好已经植入到人物服饰之中。然而这是有意识的安排，川嫦的结婚对象喜欢女人穿长旗袍。

> 她穿着一件葱白素绸长袍，白手臂与白衣服之间没有界限；带
> 着她大姊夫从巴黎带来的一副别致的项圈，是一双泥金的小手，尖
> 而长的红指甲，紧紧扣在脖子上，像是要扼死人。②

（见图9）

① 张爱玲. 花凋［M］//金宏达，于青. 张爱玲文集（第1卷）. 合肥：安徽文艺出版社，1992：145.

② 张爱玲. 花凋［M］//金宏达，于青. 张爱玲文集（第1卷）. 合肥：安徽文艺出版社，1992：142.

图 9　李佳懿　韩丹 绘

　　她穿着一件葱白素绸长袍，白手臂与白衣服之间没有界限；带着她大姊夫从巴黎带来的一副别致的项圈，是一双泥金的小手，尖而长的红指甲，紧紧扣在脖子上，像是要扼死人。（出自小说《花凋》）

服饰在文学作品中终于脱离了人，能够以自己的灵魂和姿态呈现出来，这正是服饰给予的力量。比如"白手臂与白衣服之间没有界限"，项圈是一双泥金的小手，仿佛要跳出来扼死人，这些赋予服饰人格的描写都是作者埋下的伏线，牵引着人物一步步走向死亡。又比如色彩的意蕴，少女的白是纯洁的象征，而张式服饰意象里的"白"却象征生命的不洁和枯萎，如川娥的"白睡衣"，孟烟鹂笼统的白——"白饭粒"。《花凋》中绷着的白缎子形容少女接近死亡的病态，眼睛是缎子上被灯花烧成的炎炎大洞，死亡正从洞里向人招手。服饰的面料、质感、色彩，不知不觉间已经转化为可感的、动态的、立体的。张爱玲将小说人物服饰无痕地融合成精神的意象。

> 她脱了大衣，隆冬天气，她里面只穿一件光胳膊的绸夹袄，红黄紫绿，周身都是烂醉的颜色……相形之下，川嫦更觉自惭形秽。[①]
> （见图 10）

同样服饰色彩的对比也让人物间形成了反差意象。健康女性余美增的衣服色彩斑斓，红、黄、紫、绿的烂醉颜色，还能大冬天展露胳膊，这样的颜色对撞，健康和疾病的反差是那样明显，在无声中不言而喻。

二、人物服饰的文化隐喻

作为文学的研究对象，小说不是指的自然或物质的服饰，而是处于社会与文化网络中的服饰，即服饰对于他人、社会、国家所具有的意义。正如保罗·康纳顿所说："任何一件衣服都变成文本特质的某种具体组合……服装作为物化的人与场合的主要坐标，成为文化范畴及其关系的复杂图式。"[②] 以张爱玲为代表的现代市民小说作家，对人物的服饰异常敏感——她以一种类似于行为艺术的方式，把身体与服饰当作个人与文明对话的媒介。纵观张爱玲的创作，无论是描写古老沉闷的家族，还是描写现代摩登时尚的都市，都是靠描写服饰来表现的，进而传达出作品的某些感受，如孤独感、绝望感、叛逆感等。例如，在 1912 年《申报》中，描述的时髦女郎是"穿着尖头高底的上等皮鞋一双"；而到 40 年代的小说《沉香屑·第一炉香》中，则是"满清

[①] 张爱玲. 花凋 [M] // 金宏达，于青. 张爱玲文集（第 1 卷）. 合肥：安徽文艺出版社，1992：147.

[②] 保罗·康纳顿. 社会如何记忆 [M]. 纳日碧力戈，译. 上海：上海人民出版社，2000：32.

末年的款式""打扮得像赛金花模样"。正是作品中的这种新旧风格的服饰穿着，表现了张爱玲在新旧文明之间的转换中，心理感受的外在呈现。服饰描写的重要位置多次在《金锁记》中显现出来：

> 季泽脱下了他那湿濡的白香云纱长衫……竟自扬长出门去了……长衫搭在臂上，晴天的风像一群白鸽子钻进他的纺绸裤褂里去，哪儿都钻到了，飘飘拍着翅子。[①]
>
> （见图 11）

此处姜季泽的服饰巧妙地诠释出他带着愤怒和曹七巧带着失落的复杂内心。姜季泽如意算盘不只落空，而且还是在被七巧识破的情况下，姜季泽事实上是仓皇而逃，但还得尽量逃得体面些，所以此处姜季泽不得不脱下文明人的象征——"长衫"，但又不能不顾身份地位和脸面完全扔掉这"长衫"，只好将其搭在手臂上。随后写晴天、风、一群白鸽钻进姜季泽的"纺绸裤褂"，在这"纺绸裤褂"里拍着翅膀钻了个遍。这里实写姜季泽服饰，暗写姜季泽内心活动，更是隐喻曹七巧的复杂心理。"纺绸裤褂"正是曹七巧的心门与心房，在姜季泽被她识破计划落空的同时，她自己对爱情的渴望也坠落了。而这不是她希望的，七巧和别的女子并无两样，也一直渴望有一段甜美的爱情，因此这坠落的过程使其内心矛盾冲撞，所以当曹七巧在楼上窗子看离开的姜季泽"纺绸裤褂"的状态时，其实看见的也是自己的内心。

《金锁记》中几乎每个人物每一处服饰都非常重要，不可缺失，因为这些人物服饰高于个人履历，超出个性彰显的服饰。

> 长馨先陪她到理发店去用钳子烫了头发，从天庭到鬓角一路密密贴着细小的发圈。耳朵上戴了二寸来长的玻璃翠宝塔坠子，又换上了苹果绿乔琪纱旗袍，高领圈，荷叶边袖子，腰以下是半西式的百褶裙。[②]
>
> （见图 12）

---

① 张爱玲. 金锁记 [M] // 金宏达，于青. 张爱玲文集（第 2 卷）. 合肥：安徽文艺出版社，1992：105.

② 张爱玲. 金锁记 [M] // 金宏达，于青. 张爱玲文集（第 2 卷）. 合肥：安徽文艺出版社，1992：114-115.

图 10　李佳懿　李晓彤　韩丹 绘

只穿一件光胳膊的绸夹袄，红黄紫绿，周身都是烂醉的颜色。（出自小说《花调》）

图 11 李佳懿 韩丹 绘

季泽脱下了他那湿濡的白香云纱长衫……竟自扬长出门去了……长衫搭在臂上，晴天的风像一群白鸽子钻进他的纺绸裤裆里去。（出自小说《金锁记》）

图 12　李佳懿　李晓彤　韩丹　绘

用钳子烫了头发，从天庭到鬓角一路密密贴着细小的发圈。耳朵上戴了二寸来长的玻璃翠宝塔坠子，又换上了苹果绿乔琪纱旗袍，高领圈，荷叶边袖子，腰以下是半西式的百褶裙。（出自小说《金锁记》）

以上两段分别是对七巧女儿长安和儿子长白的服饰描写。旗袍作为一种自由与独立的文化象征登上了历史舞台。作为时尚和时髦的旗袍，经过上海当时中西方各种文化的熏陶、交融，逐渐演变为性感、迷人服饰的象征。穿着旗袍不仅是一种身份的体现，更象征着一种现代都市文化。如在张爱玲的《封锁》及苏青的《结婚十年》中写道：

> （吴翠远）穿着一件白洋纱旗袍，滚一道窄窄的蓝边——深蓝与白，很有点讣闻的风味。她携带着一把蓝白格子小遮阳伞……①
>
> （见图 13）
>
> 我穿的是紫红薄呢夹旗袍，紫红呢制高跟鞋，在长的烫发上面，打着个紫红呢带的小蝴蝶结儿。②
>
> （见图 14）

从以上《金锁记》《封锁》《结婚十年》等作品引文悉知，作品中对于人物服饰展现的不仅是对服饰直观视觉的描写，同时也展现了作品中特定环境下人物的形象及心理，并将服饰作为影响人物性格发展、深层心理、精神世界联系到一起从而展开对于整部作品的构思，进而表达作者对社会、生活、生命的看法。此外，当读者读到这种经过作家巧妙构思的人物服饰后，就会将其带入更深层面的人的生存境遇、人性的思考之中，从而能够深刻反观当下读者的心理状态。从人物的服饰来看，这种构思恰恰又表现了作品的现代性。现代性作为一种象征来说，是作家选择以什么姿态出现在世人面前的重要方式。而同一时期，徐讦的作品《风萧萧》将关注点从狭小的个人视角移了出来，投向更广阔的家国情怀。然而，光怪陆离的生活表象后面仍然是对个人价值的怀疑和追索。反映在人物服饰中，抗战、谍战题材情节的巨大吸

---

① 张爱玲. 封锁［M］//金宏达，于青. 张爱玲文集（第 1 卷）. 合肥：安徽文艺出版社，1992：99.

② 苏青. 结婚十年［M］. 北京：中国妇女出版社，2015：23.

引力，仍让读者对角色的服饰产生极大的兴趣和追捧，而通过意象化的服饰描写深化人物精神内涵。三个传奇女子的服饰美是超出表象理想化的。白苹的服饰一身银白，通过对服饰的描写，"白"寓意所指代的是道德的超越感：

> 　　她穿了一件淡灰色的旗袍，银色的扣子，银色的薄底皮鞋，头上还带了一朵银色的花，披着一件乳黄色像男式的短大衣。在我印象中，她从来没有给我这样美丽的感觉。①
>
> 　　（见图 15）

对白苹服饰的描述，已经通过形式内化为理想化的女性形象，人物服饰上升为超越道德层面的成熟意象化阶段。白苹内心的美丽善良，正是通过服饰进行心理投射的。"白"是宗教意义上圣洁的女神，也是真善美的化身，正是满足人们当时需要信念引领，能从战争的痛苦、信仰荒芜中走出来的内心需求。梅瀛子性格热烈、机智、杀气腾腾。梅瀛子的服饰表现为重政治博弈的成就感：

> 　　她穿着白绸的衬衫，红色的上衣，乳白色小蓝花红心的裙子，赤脚穿一双软底白帆布蓝边半高跟鞋。②
>
> 　　她的衣领与衣袖，像太阳将升时的光芒。这一种红色的波浪，使我想到火，想到满野的红玫瑰，想到西班牙斗牛士对牛掀动的红绸……③
>
> 　　（见图 16）

---

① 徐訏. 风萧萧 [M]. 合肥：安徽文艺出版社，1996：12.

② 徐訏. 风萧萧 [M]. 合肥：安徽文艺出版社，1996：94.

③ 徐訏. 风萧萧 [M]. 合肥：安徽文艺出版社，1996：98.

图 13　李佩桐　韩丹 绘

　　穿着一件白洋纱旗袍，滚一道窄窄的蓝边——深蓝与白，很有点讣闻的风味。她携带着一把蓝白格子小遮阳伞。（出自小说《封锁》）

图 14　李佳懿　李晓彤　韩丹 绘

　　我穿的是紫红薄呢夹旗袍，紫红呢制高跟鞋，在长的烫发上面，打着个紫红呢带的小蝴蝶结儿。（出自小说《结婚十年》）

图 15 李佳懿 李晓彤 韩丹 绘

她穿了一件淡灰色的旗袍，银色的扣子，银色的薄底皮鞋，头上还带了一朵银色的花，披着一件乳黄色像男式的短大衣。（出自小说《风萧萧》）

图 16 李佳懿 李晓彤 韩丹 绘

　　她穿着白绸的衬衫，红色的上衣，乳白色小蓝花红心的裙子，赤脚穿一双软底白帆布
蓝边半高跟鞋。（出自小说《风萧萧》）

　　梅瀛子的装束像天使和魔鬼的混合体——热烈、性感。这里对人物服饰进行了前后比较。梅瀛子谍战需要转换身份后，换装成船妇——慈珊的"三婶"，巨大的服饰形象反差，让性感时髦的女间谍变成"朴实的劳动妇女"，这种对比方式的人物服饰所带来的形象反差，说明女间谍不择手段和果决。"红"是强大、有力的，也在行动力上给予人们打赢战争的希望。

　　　　白色的哥萨克帽子，白色的长毛轻呢大衣，手袖着同样的白呢
　　手包。倦涩地走在白苹旁边，脸上浓妆得鲜艳万分。[①]
　　　　（见图 17）

　　海伦重艺术和心灵的升华感。海伦服饰的白色意象，反映出的是像莲花出污泥而不染的纯洁。她阅读、唱歌、弹琴，不仅是为了追求真理和艺术，或是其他什么生活目的，更是一种看惯生活的彻悟，顺其自然的精神升华。她的衣饰形象寄予着作家本人的理想。无论是白色、崇高、仁爱的前者，还是热烈、果决、勇敢的后者，都不是创作者终极的理想，而海伦超凡出尘的隐士风度，似乎更符合战争乱世里人的心之所向。而这三位理想化女性在男主人公的世界中，被爱慕、珍惜和崇拜着，唯独没有实质性的恋爱关系。虽然白苹是"白"的，梅瀛子是"红"的，但是男主人公都是站在局外欣赏的角度对待她们，刻意模糊了她们的身份。

　　　　她穿一件纯白色缎子的短袖旗袍，钻石的钮子，四周镶着巧小
　　碧绿的翡翠……有一种说不出的风韵，从她的颈项流到她的胸脯。
　　使座中西洋女子的晚礼服，在她面前都逊色了。[②]
　　　　（见图 18）

　　① 徐讦. 风萧萧 [M]. 合肥：安徽文艺出版社，1994：202.
　　② 徐讦. 风萧萧 [M]. 合肥：安徽文艺出版社，1994：29-30.

图 17　李佳懿　李晓彤　韩丹 绘

　　白色的哥萨克帽子，白色的长毛轻呢大衣，手袖着同样的白呢手包。倦涩地走在白莘旁边，脸上浓妆得鲜艳万分。（出自小说《风萧萧》）

图 18　李佳懿　李晓彤　韩丹 绘

她穿一件纯白色缎子的短袖旗袍，钻石的纽子，四周镶着巧小碧绿的翡翠。（出自小说《风萧萧》）

作家利用重叠手法制造人物服饰，白苹和梅瀛子的形象多次重叠。第一次，电话亭里的梅瀛子"纯白的羊毛短褂，灰呢旗袍"，让白苹的形象和梅瀛子的形象产生了模糊；第二次，旅馆外碰见的女子，她手上的服饰品"指环"让两人形象产生再次错位；第三次，游湖回来的早上，攀折新开月季花的梅瀛子手上的"钻戒"又再次被误认成白苹，而回上海的车上却把白苹误认为梅瀛子。这种写法上的多次重叠错位，让人产生雾里看花的眩晕感，增加了人物身上扑朔迷离的身份寓意。服饰形象通过多次的错位重叠，制造出的幻觉迷离感，已经是手法纯熟的意象化。白苹和梅瀛子在同一种边界模糊的形象中，她们的精神世界取得了某种平衡。徐讦也同样善于制造衣饰的心理意象。关于"晨衣"的一段描写就是典型的弗洛伊德式的服饰描写：

> 灰底黑条红边的晨衣，呢制很好，是英国货……我梦见那件晨衣自动的飞翔，闪光灿烂……有人把红墨水洒在我的晨衣上，大家都洒……撒的我一身都红，于是我看见该晨衣从一块一块的红光变成全身都红，有一滴一滴的水，浓浊沉重，从我衣角滴下来。[①]
> （见图 19）

作为现实的镜像，"我"似乎对死是有预见性的。弗洛伊德认为："梦是潜意识的表象。"[②] 内心的需要会透过梦境折射出各种象征物，晨衣是梅瀛子所送，正是这被正义包裹的外衣，错误地盗取了白苹密件，晨衣飞动是一种对所谓正义行为的失控感和道德犯罪感，而后的现实印证了"我"被白苹枪击重伤。晨衣上的红色寓意鲜血，在潜意识里"我"认同自己早晚会遭难，晨衣是血腥之灾的象征。这段对服饰的想象，营造出潜意识里对死亡危机的恐惧，服饰具有了人格，已经成为"我"想象中的角色，它被煽动贴上神圣的光环开始在街上拉着"我"走，人的内在不顾道德，被动地接受神圣行动的绑架，晨衣被公众凌虐时，所谓行动的正义变得脆弱不堪，死亡来临，这种人格化的服饰描写所营造的意象化，不是单纯意义的拟人写法，而是赋予了服饰灵魂。这些服饰的象征性、意象化奠定了服饰描写的重要地位，是一

---

① 徐讦. 风萧萧 [M]. 合肥：安徽文艺出版社，1994：293-294.
② 西格蒙德·弗洛伊德. 梦的释义 [M]. 张燕云，译. 沈阳：辽宁人民出版社，1987：5.

图 19 李佳懿 李晓彤 韩丹 绘

灰底黑条红边的晨衣，呢制很好，是英国货……我梦见那件晨衣自动的飞翔，闪光灿烂……有人把红墨水洒在我的晨衣上，大家都洒……撒的我一身都红，于是我看见该晨衣从一块一块的红光变成全身都红，有一滴一滴的水，浓浊沉重，从我衣角滴下来。（出自小说《风萧萧》）

种以曲折离奇的故事情节为外衣，刻意赋予角色诗化、抒情化的叙事风格。人物服饰不只是角色的个性，也是创作者对现实世界态度的镜像，折射出创作者所缔造的理想精神世界。徐訏笔下塑造的人物服饰已经在向多重维度的描写发展，在大众生活之上试图对更高一层次的信念、理想、精神生活进行深层追问，开拓出更大的人生和审美空间。

20世纪40年代，抗战成为社会主流，上海市民不谈时局、政治兴趣的减弱及重商业、重金钱享乐的人生观，以及对于家国灾难的矛盾心理，将此时期的现代市民小说创作推向了高潮。而张爱玲、苏青、徐訏、施济美、潘柳黛等人的出现，则使海派作品的品位提高到几乎使人无法漠视的程度。作家在这一时期的人物服饰中灌注非常多的个人意识，在发展西方写作手法的基础上，结合很多个人色彩的服饰意象。这些人物服饰和社会生活相结合，作家对于生活有非常真实的感受，特别是女作家都有直接和社会接触，都市生活成为服饰描写的载体，对于生存和人生有着真切的生命感悟。传统文化的回归也给这一时期的服饰描写注入了新鲜的活力，使服饰描写摆脱了新感觉派的营养不良。张爱玲把中国传统文化和西方文学的观念、手法相结合，形成一套特殊的人物服饰呈现语境，使人物的服饰表达地位稳固，是有个人服饰审美系统的作家。徐訏把人物服饰赋予更多的社会内容，如抗战救国、谍战、两性问题、道德反思等，制造奇诡的故事结构引人入胜，手法上用西方现代的电影语言如蒙太奇等，引入到创作中，将服饰单独作为一种象征物动态化。施济美把中国传统文化的文学意蕴带入人物服饰中，架构一个复杂的中西文化的"废园"，在这个混合体中营造各式人物的服饰形象，对于创作有自己独立的思考。苏青、潘柳黛等都市职业女性作家，从个人生活经验出发开创自传体的人物服饰表现，虽然没有赋予服饰形象更多的特效，从简率的人物服饰中直接给出生活态度，不失为具有独创性的、贴近生活的个人主义创作。

不同于新感觉派小说对现代小说与电影艺术技巧的模仿与嫁接，张爱玲立足于本土的叙事传统与经验，对西方文学经验进行了自觉性选择，通过精心的意象选择与营构，生动地刻画了人物性格、情感和心理，以"'外'写'内'，化'西'为'中'"①，实现了中西文化的融通互促，也成就了张爱玲小说外在异彩纷呈与内在意蕴深远的风格与魅力。究其根本，以张爱玲为代表的 40 年代市民小说的人物服饰是对中国古典小说传统承袭与西方文学形态影响回应的结果，其根本在于文化的自主性和自觉性。回望时代变迁中的现代市民小说人物服饰，我们可以从服饰视角了解中国现代小说服饰描写的渊源与嬗变历程，搭建本文研究之基础；可以从服饰视角解读中国现代都市市民文化，构建城市生活的图景。

---

① 冯勤. 论"影像"化叙事在海派小说中的本土化走向：以新感觉派和张爱玲的小说创作为中心 [J]. 四川大学学报（哲学社会科学版），2013（4）：130-136.

第四部分 现代市民小说人物
服饰演变的原因

韩少功在《暗示》中写道:"地图是人类一面稍嫌粗糙和模糊的镜子,映射出文明的面容。"① 不同文明、不同时代、不同地域、不同阶级都有自己的专属地图,地图表征了时代,揭示了历史发生的天翻地覆的变化。回顾中国现代市民小说(1843—1949)塑造的城市服饰演变的历史过程,探究其原因,必须借助旧上海的物质文化和精神地图,即分析旧上海的复杂社会背景,剖析海派文化的形成与发展。

一、服饰演变的复杂社会背景

现代市民小说人物服饰众多有其复杂的历史情况和现实根基,多种主义在上海杂糅推动并挤压出新的服饰文化。中国历史上,服饰作为一种社会文化符号,自古以来,无时无刻不受到社会政治、文化的影响和制约。我国以儒家文化为核心的价值观强调中庸,抑制个性,所谓君君臣臣、父父子子,规定了个体与其所属群体中的人伦关系,不主张特立独行的个体价值,因而即便是衣着服饰这样的私事,也不能表现出个性。在一种极权的社会体系中,服饰成了某种束缚人们思想意识的工具,自然地被赋予强制性或约束性。而在一个比较宽容的社会制度和文化体系中,人们的精神状态是自由独立的,反映在人们的服饰中就会显现出服饰的随意性和个性化。新华社记者赤桦指出,每日穿衣戴帽都关乎着地位、权利、性关系,甚至关系到政治、战争。穿着者的姿态也不同,或消极或积极,但无论哪种都是一种态度抑或信仰。人们必须要服从服饰体现出来的价值观,这就是服饰对人们的禁锢。这种禁锢不仅体现在服饰本身的要素上,也体现在穿着服饰的主体对所穿服饰的抗拒性心理与无奈服从的焦虑中。

---

① 韩少功. 暗示 [M]. 北京:人民文学出版社,2002:373.

中国晚清时期思想文化、意识形态及服饰均与西方迥然不同。但自鸦片战争之后，随着欧美新兴的资本主义国家在全球的殖民和扩张，面对西方文化的不断侵袭，使中国传统的封建观念受到日甚一日的冲击。半殖民地背景下的上海同时也是现代化的都市，随着上海开放程度的逐步加深，西方文化和西方服饰对上海各界及上海服饰文化的影响都越来越大，思想新潮的人士已经接受了西方服饰，很有西风东渐的痕迹。表现在服饰上已经从传统的服饰规范向世俗化的倾向过渡，不完全遵守传统的形制符号了。如张恨水在《金粉世家》中对金燕西的服饰描写：

> 燕西也穿了一套常礼服，头发和皮鞋，都是光可鉴人。领襟上插着一朵新鲜的玫瑰花，配着那个大红的领结，令人一望而知是个爱好的青年。①

可见，上海作为与西方各国通商开埠而成长起来的商业城市，具有当时西方世界流行的几乎一切意识形态及思想观念。相比同时期国内其他封闭、传统性较浓的城市而言，上海是当时中国极具西方色彩以及现代理念的城市，城市化水平较高，城市管理以及公共文化发达，繁盛的经济、文化、对外贸易等诸多有利条件，使上海成为当时远东第一大城市。其不仅在中国国内具有风向标的作用，在世界上也具有很大的吸引力和影响力。以海派作家为主的现代市民小说家，以市民人物服饰体现具有现代特色及"洋气"的都市生活。上海的夜总会、歌舞厅、咖啡厅、赌城、酒吧、跑马场、公园、百货公司等来自异域的文化、休闲及娱乐消遣场所，到了夜晚到处都是五光十色，令人眼花缭乱的景象。李欧梵的《上海摩登》中描绘了 20 世纪 30—40 年代上海那个"LIGHT，HEAT，POWER 的世界"。

上海受到西方文化的熏陶，表现在服饰方面即人们对服饰的廓形、材质面料、色调颜色、图案纹样等诸多元素日渐讲究，甚是华贵。如在 19 世纪末上海的《申报》中用"奢侈"一词来形容此种现象。现代市民小说对于这种豪华、奢侈服饰的描写亦处处可见。晚清时人们服饰穿着的这种奢靡风气是

---

① 张恨水. 金粉世家 [M]. 武汉：长江文艺出版社，2014：52.

十分普遍的，如张春帆的《九尾龟》所写：

> 只见黛玉忽地起身，走到后房去了，过了一刻走了出来，却是换了一身衣服，连弓鞋裤子一齐更换，明妆丽服，光艳照人。黛玉先前是穿一件湖色外国缎夹袄，杨妃色外国缎裤子，宝蓝弓鞋。现在进去，换了一件玄色织银夹袄，宝蓝织金裤子，玄色平金弓鞋，越显得明眸皓齿，粉颈香肩。[①]

（见图 20）

> 只见他穿一件蜜色素缎棉袄，下系品蓝绣花缎裙，露着一线湖色镶边的裤子，下着玄色弓鞋，一搦凌波，尖如削笋……再往头上看时，梳一个涵烟笼雾灵蛇髻，插一文珍珠扎就斜飞凤簪饰，虽是不多几件，而珠光宝气晔晔照人；薄施脂粉，淡扫蛾眉。

（见图 21）

> 张书玉家常穿一件湖色绉纱棉袄，妃色绉纱裤子，下穿品蓝素缎弓鞋……头上却是满头珠翠，灿烂有光。

（见图 22）

从以上描写服饰的引文"湖色外国夹缎袄""杨妃色外国缎裤子""玄色织银夹袄""宝蓝织金裤子，玄色平金弓鞋"等分析可知，当时处于社会底层的妓女所穿着的服饰也是十分讲究的，而且力求昂贵、奢华。上海是中国民族资本最为集中的城市，1933 年民族工业资本占全国的 40% 左右。当时民族工业的发展及与外国在纺织服饰领域的激烈竞争，人们的服饰更是花样繁多，使得民国时期上海的服饰呈现出以往任何时代所没有的新变化。上海的服饰从设计到生产加工都将中国传统服饰文化与世界流行风尚融为一体。受商业社会追求物质的声色刺激和享乐主义的影响，服饰大多新颖时尚、洋气时髦，充斥着欧美风格，女性的躯体之美自然流露，充分展现了时代女性对自我价值及认知的追求。受上海特定地域、气候的影响，服饰的设计充分考虑到身只

---

① 张春帆. 九尾龟［M］. 长春：吉林文史出版社，1998：146-147.

图 20　郑爽　韩丹 绘

　　（黛玉）换了一件玄色织银夹袄，宝蓝织金裤子，玄色平金弓鞋，越显得明眸皓齿，粉颈香肩。（出自小说《九尾龟》）

图 21　郑爽　韩丹 绘

　　见他穿一件蜜色素缎棉袄，下系品蓝绣花缎裙，露着一线湖色镶边的裤子，下着玄色弓鞋，一搦凌波，尖如削笋……再往头上看时，梳一个涵烟笼雾灵蛇髻，插一文珍珠扎就斜飞凤簪饰，虽是不多几件，而珠光宝气晔晔照人；薄施脂粉，淡扫蛾眉。（出自小说《九尾龟》）

图 22　郑爽　韩丹 绘

张书玉家常穿一件湖色绉纱棉袄，妃色绉纱裤子，下穿品蓝素缎弓鞋……头上却是满头珠翠，灿烂有光。（出自小说《九尾龟》）

体皮肤的感受及身体健康的需要，十分人性化，这已与传统宽袍大袖、大襟长裤的服饰观念截然不同。上海服饰文化观念继续繁荣发展着，妇女们的旗袍变得更短了：

> 1930 年，旗袍跟前一年比，又往上提了几寸，刚刚遮住膝盖。腰部和下摆都收小了，大腿两边开了低衩，有了明显的现代旗袍影子。受西方女装的影响，走在时尚前沿的女子穿开衩旗袍时，还外搭了西装，以加冷热，一个既时髦又实用的创意。①

旗袍的不断改良，使身着旗袍的女性身体线条错落有致，胸部和腰部格外地显露和突出，这种服饰变化恰恰体现了女性在思想上的进步，对于自己的服饰不再受到封建礼教、传统，或者社会风俗的制约，客观上也体现了当时社会对女性服饰的宽容。当然，这一点主要源于上海特殊的现实情况，多种主义并存的复杂化背景，促使女性独立思想萌发和建立，女性的选择开始需要被认可和尊重。

综上所述，上海的现实情况即民族主义与世界主义同存，殖民化与现代化同在，传统与现代、民族与世界的碰撞在上海大都会的现实中上演着。由于半殖民地社会通商口岸的特殊位置，使人们的观念意识和身体均享受到某种自由，进而在服饰方面发生了翻天覆地的巨大变化。以上种种皆是现代市民小说人物服饰发生、发展、发现、再现的沃土，更为其提供了大量且丰富的服饰表现素材。可以说，当一种新的变革成为既定事实之后，所有的一切变化只能向着更新的变化前进，现代市民小说塑造的城市人物服饰也是如此。

二、服饰演变的深层文化动因

王德威在《文学的上海——一九三一》中写道："五四以来的新文学运动，多以北方为根据地，10 年以后，重心则由北而南。此时的舞台不是别处，正是号称'国中之国'的上海。"② 市民社会的消费文化、享乐主义对文学作品有世俗化的需求，市民社会服饰的特点反映了当时市民阶层的思想观念和

① 赤桦. 衣不蔽体：二十世纪中国人的服饰与身体 ［M］. 桂林：广西师范大学出版社，2017：26.
② 王德威. 文学的上海——一九三一 ［J］. 上海文学，2001（4）：52-55.

价值取向。上海现代市民小说的服饰描写正是为满足市民需求而登上舞台的。多重因素促进了上海这座现代化都市的进程，上海现代市民小说中的人物服饰与现代市民群体密不可分，市民社会形成，市民文化勃起，上海是在浓郁的中西杂糅的商业氛围里成长起来的现代化大都会，上海市民是拥有世俗心态并沉溺于市井生活的现代市民群体，上海从半殖民地到沦陷，也获得了独特的生存体验和独特的生命意义。服饰之所以成为上海现代市民小说里的亮点，与人物服饰描写承载中国传统市井审美，挖掘内在市民精神，承接、发展古代市井小说服饰描写，并在西方和日本的电影、文学中不断借鉴，吞纳着大都会现代市民生活万象密不可分。

上海的日常生活具有时代风尚，商业市场的张扬服饰和城市经验滋养着海派作家，他们在理念、价值观上远离了乡土性和宏大叙事，以市民社会、市井生活和市民情趣为本。1926 年诞生于上海的《良友》画报将摩登的西方服饰引入中国，每期封面都是名利场中的时髦人，民国女子的穿衣打扮和思想意识深受其影响。"封面女郎的衣着和精神气质传递着'美丽、摩登、魅力'的信息，无疑成为时尚的模本。时尚观念迅速渗透社会，并成为把流行概念转化为服饰行为的动力。……中国女性一旦摆脱传统意识的羁绊，对时尚的追逐会让她们做出惊人之举。"① 这些封面上的女郎，潜移默化地影响了当时女性对于服饰的追求，时尚和潮流冲击着她们的视觉和内心世界。许多上海本地人，尤其家庭妇女和年轻女子都开始仿效西方人的生活方式，追求服饰体现的"曲线美"。非常具有代表性的就是这一时期旗袍的普及。女子集体穿旗袍，正是争取男女平权，由传统男尊女卑思想观念向具有现代色彩的争取独立自主、男女平等的思想观念转变的外显。与此同时，女性意识苏醒，旗袍诞生之后很快摆脱男装特征，向女性化方向发展，并不断扩大传播范围。旗袍的传播与演变同上海媒介发展、娱乐产业繁荣、商业文明成熟以及社会开放与宽容密切相关。

观念的转变首先体现在女性的服饰之中。服饰不仅是市民遮体御寒之物，还是摩登上海文化现代性的实践载体。"城市现代性的方方面面进入文化母体

---

① 袁仄，胡月. 百年衣裳：20 世纪中国服装流变 [M]. 北京：生活·读书·新知三联书店，2010：113.

后，会培养人们对文学艺术的特殊体认方式。"① 服饰在都市生活中成了消费的重要物品，为流行的大众审美做了铺垫。伴随着服饰的现代化演进，摩登品位逐渐向日常生活渗透。"1934 年至 1936 年，永安百货公司先后举办过三次时装表演，对摩登女性进行着装示范。……在夏令时节还举办过泳衣展演，请模特展示富民棉毛内衣厂的泳衣、德昌毛巾厂的海滨浴巾等产品。……展演活动在呈现产品的材质、花色、款式之时，也将最新的审美趣味在一个更为公开的场合展示出来。"②《良友画报》等期刊共同推动了上海在 20 世纪早期审美品位的摩登化、感官化、即时性变迁。由于海派小说家形成了独特的写作风格和美学品位，上海现代市民小说对人物服饰的关注成为必然。恋物似的丰富多彩的服饰描写使市民生活更加立体，市民形象突出、形态各异，这些服饰既是照射现实的镜子，又是对半殖民地环境下生存的市井民众适宜的关怀。服饰展示了人生真实，直指灵魂深处，其独立的美学旨趣具有特殊价值和现代意义。

---

① 李欧梵. 上海摩登：一种新都市文化在中国（1930—1945）[M]. 毛尖，译. 北京：北京大学出版社，2001：97.
② 李佳一，路晓珂. 营构摩登：20 世纪早期上海永安百货公司的展陈叙事 [J]. 南京艺术学院学报（美术与设计）. 2021（4）：67.

下编／市民小说人物服饰文化解读

服饰是人类生存的基本条件，也是文化的象征，一直与人类文明进程相伴。"从有记载来，服装就不仅是蔽体保暖的实用品，而更是阶级社会里严内外、别亲疏、昭名分、辨贵贱的意识工具。"[①] 反映在小说文本中，服饰话语对于描绘时代特征、塑造人物形象、推动情节发展、传达思想内涵、揭示象征寓意等，具有极大功效。这在古今中外的小说作品中都有着丰富表现，譬如《红楼梦》《金瓶梅》等。上海现代市民小说非常注重和善于描写服饰，赋予其丰富独特的意义以及深刻的思想意旨，反映社会样态与时代精神，塑造人物形象，推动情节发展，升华主题思想。

---

　　① 袁仄，胡月. 百年衣裳：20 世纪中国服装流变 [M]. 北京：生活·读书·新知三联书店，2010：18.

第一部分　服饰折射
市民社会与市民文化

　　服饰是人类生活和文明演进的基本内容。每一个时代都有每一个时代的服饰，"易服改制"根源在此。服饰伴随时代发展而演变，过程中负载着日益丰富的社会内容，蕴含着民族性亘古的延续和变化，成为一种时代话语，反映人类在特定时代潜在的生存状态、价值观念、审美意识和精神追求。在一定意义上，"通过服饰的变化，可以窥见社会历史文化的发展和人的精神嬗变乃至心路历程。"① 如张爱玲在《更衣记》中写道："晚至一九二〇年左右，比较潇洒自由的宽褶裙入时了"②，服饰的自由和进步反映女性的解放与时代的开放。

　　现代市民小说诞生在传统断裂转向现代、中西交融的转折时代，新文化、新思想、新道德和新的生活方式不断产生。而作为时代的镜鉴和一个人的生存状态表征，服饰总是和新的思想、文化、道德紧密相关。正如马凌诺斯基在《文化论》中指出的："单单物质设备，没有我们可称作精神的相配部分，是死的，是没有用的……器物和习惯形成了文化的两大方面——物质的和精神的。器物和习惯是不能缺一，它们是互相形成及相互决定的。"③ 因此，现代市民小说中的人物服饰是对文本叙述时代的映照，服饰的变化聚焦社会思潮，折射作者生存状态与写作姿态（思想意识）。

一、服饰折射市民社会生态

　　张爱玲在《更衣记》中指出："在政治混乱期间，人们没有能力改良他们

---

　　① 陈夫龙. 张爱玲的服饰体验和服饰书写研究［J］. 山东师范大学学报（人文社会科学版），2018（1）：45.

　　② 张爱玲. 更衣记［M］// 金宏达，于青. 张爱玲文集（第 4 卷）. 合肥：安徽文艺出版社，1992：29.

　　③ 马凌诺斯基. 文化论［M］. 费孝通，译. 北京：华夏出版社，2002：5-6.

的生活情形。他们只能够创造他们贴身的环境——那就是衣服。我们各人住在各人的衣服里。"① 时代的特质直接体现在市井生活之中。服饰属于市井生活的重要组成部分，集中反映市井生活的样态。服饰制度变革，西俗东渐，风气大开，服饰样态多元化。《申报》的一则报道描绘了这一现象："男子装饰像女，女子装饰像男""中国人外国装，外国人中国装""妓女效女学生，女学生似妓女"。

晚清时期韩庆邦的《海上花列传》描写了官僚、名士、商人、买办、纨绔子弟、地痞流氓等人的狎妓生活以及妓女的悲惨遭遇。小说中描写了各个阶层的人物，大致勾勒出晚清上海地区的市井生活样态，特别是服饰。

《第一回》：……头戴瓜棱小帽，脚登京式镶鞋，身穿银灰杭线棉袍，外罩宝蓝宁绸马褂……穿一件东方亮竹布衫，罩一件无色绉心缎镶马甲，下束膏荷绉心月白缎镶三道绣织花边的裤子。

（见图 23，24）

《第二回》：……梳好头，脱下蓝洋布衫，穿上件元绉马甲……②

《第十五回》：身穿一件膏荷苏线棉袄……手中拎的湖色熟罗手帕子……

《第十六回》：……只穿一件月白竹布衫，外罩玄色绉心缎镶马甲。……穿着青蓝布长衫，玄色绸马甲……③

《第三十回》：穿着雪青纺绸单长衫，宝蓝茜纱夹马褂……身穿旧洋蓝短衫裤……④

（见图 25）

《第三十八回》：……特换一副玄色生丝衫裙……⑤

《第四十回》：……身穿官纱短衫裤……⑥

①　张爱玲. 更衣记［M］// 金宏达，于青. 张爱玲文集（第 4 卷）. 合肥：合肥文艺出版社，1992：32.

②　韩邦庆. 海上花列传［M］. 长沙：岳麓书社，2014：4-5，11.

③　韩邦庆. 海上花列传［M］. 长沙：岳麓书社，2014：90-93.

④　韩邦庆. 海上花列传［M］. 长沙：岳麓书社，2014：178-183.

⑤　韩邦庆. 海上花列传［M］. 长沙：岳麓书社，2014：232.

⑥　韩邦庆. 海上花列传［M］. 长沙：岳麓书社，2014：248.

《第四十七回》：……着好熟罗单衫，夹纱马褂。①

《第四十九回》：……通身净素，湖色竹布衫裙，蜜色头绳，玄色鞋面，钗环簪珥一色白银……

《第六十一回》：送进一套新做衣服，系银鼠的天青缎帔、大红绉裙……②

由此可见，晚清时期上海地区男人服饰以"长袍、马褂、马甲"为主，女性则以"袄裙、衫裙、衫裤"等为主，且女性服饰质地、颜色繁多，装饰性花纹也较多。据《申报》报道，晚清上海形成了"耻衣服不华"的服饰观：

今观于沪上之人……不论其为官为商为士为民，但得稍有盈余，即莫不竞以衣服炫耀为务，即下至倡优隶卒。就其外貌观之，伊然旺族之家。

不同阶层、身份人物服饰的材料、颜色、样式大相径庭，显示出半殖民地贫富悬殊、贵贱分明的社会秩序。从《海上花列传》中还可以看出，青楼妓馆一般是服饰改革之风的先觉之地，新的款式往往由其开始而后进入上流阶层。有研究者指出，上海妓女"在传统与现代、东方与西方杂糅的文化境遇和生活场域中扮演着时尚的引领者和风向标"③，因此成为上海现代市民小说着力描绘的文学形象之一。

出于生存之需要，妓女更为讲究自身穿着打扮，且很大程度上突破伦理纲常的制约，选择自由度较高。借助于租界的掩护，妓女的服饰和行为举止可以颠覆传统而不招致反对。整体而言，还是清代古典衣饰风格色彩和谐雅趣，或是与迎合文人审美需要有关。众多海派服饰中，马甲受到偏爱，出现的频率最高。其由传统服饰演变而来，在清代满族服装的基础之上对镶滚花纹、纽扣进行了改良。马甲的出现也为旗袍的出现奠定了基础，马甲与满族

---

① 韩邦庆. 海上花列传［M］. 长沙：岳麓书社，2014：295.

② 韩邦庆. 海上花列传［M］. 长沙：岳麓书社，2014：309，386.

③ 陈海燕. 海上名妓：晚清女性服饰时尚的引领者：以《九尾龟》为考察中心［J］. 上海师范大学学报（哲学社会科学版），2019（2）：79.

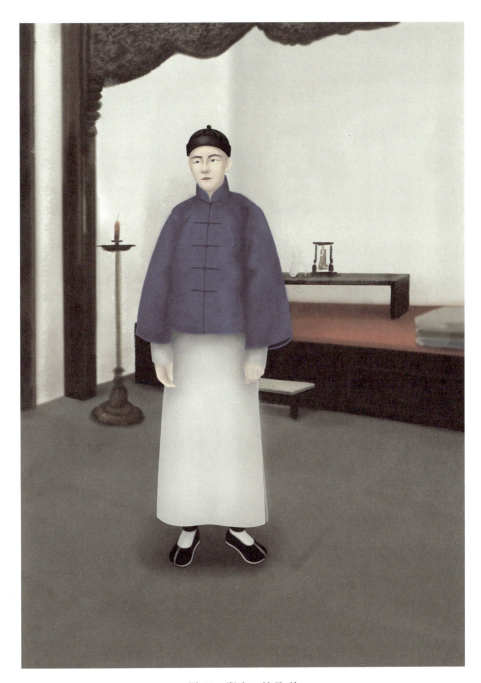

图 23　郑爽　韩丹 绘

……头戴瓜棱小帽，脚登京式镶鞋，身穿银灰杭线棉袍，外罩宝蓝宁绸马褂……

（出自小说《海上花列传》）

图 24　郑爽　韩丹 绘

　　……穿一件东方亮竹布衫，罩一件无色绉心缎镶马甲，下束膏荷绉心月白缎镶三道绣织花边的裤子。（出自小说《海上花列传》）

图 25 郑爽 韩丹 绘

穿着雪青纺绸单长衫，宝蓝茜纱夹马褂……（出自小说《海上花列传》）

旗装融合形成无袖旗袍。此外，《海上花列传》的服饰还透视出南北商业流通、文化交融的特点。女性服饰大多是北方样式，南方质料甚至还有西方面料。

> 在所有令人眼花缭乱的女装中，惟旗袍尤显妖娆。这袭袍子是要弄出大动静的，袍子忽长忽短，腰身忽松忽紧，衣袖忽大忽小、忽有忽无，两侧开衩忽高忽低，四周花边忽镶忽不镶。①

民国初期女装变化始终伴随时代与社会文化心理的变迁，呈现出多样化风格。旗袍萌芽于 20 世纪初期，承袭了中国传统满族袍服特征，受到西方文化与服饰风格影响，彰显中西交融的设计典范。五四运动以后，妇女解放运动蓬勃开展，男女平权思想广泛传播，服饰领域女性有意或无意强调自己服饰的专属性，以在服饰上凸显自己的平权地位，实践着朴素的民族思想。在此背景之下，旗袍大受欢迎。旗袍在清朝满族旗女袍服的基础上，受西方立体美、曲线美审美观的影响，借鉴男子长衫、长袍，最终形成 20 世纪 20 年代旗袍。20 年代，民国政府将旗袍定位为国服，三四十年代一直是女子服饰的主角。二三十年代，连衣裙开始流行，民国时期连衣裙的种类也非常多，主要特点是收腰或是有束腰带，袖子也有多种，有长袖、泡泡袖、喇叭袖等。领子也有方领、圆领、水手领等多种样式，下裙则有斜裙、喇叭裙、节裙等。因腰身紧缩，腰间系一条带子，凸显了女子身体的曼妙，成为待字闺中或在校学生的最爱。与此同时流行的还有背带裙，裙子长至膝盖以下，上身搭配长袖衫、薄毛衫等，很受当时教会学生、女子学院学生及运动员的喜爱。徐华龙在《上海服装文化史》中指出："这些男士崇尚外国货，戴的呢帽是英国的 HATMAN 或 STAYSON，西装的衣料是英国货花呢，皮鞋要穿 SAXSON 或 FREEMAN，衬衫要美国货，连袖口和领带扣针都不用国产货。"② 西装最早作为一种西式物质文明和生活方式进入中国，在很长一段时间内被当作身份的标志，开始由洋买办接受，之后逐渐被中等市民阶层接受，成为一种生活时尚。洪深曾经说过："精通外语的人未必着西装，而连廿六个字母也说不

---

① 赤桦. 衣不蔽体：二十世纪中国人的服饰与身体［M］. 广西：广西师范大学出版社，2017：22.
② 徐华龙. 上海服装文化史［M］. 上海：东方出版中心，2010：240-241.

全的人倒西装笔挺。"① 熊月之主编《上海通史》第 9 卷《民国社会》中描述：
20 世纪 30 年代初期，上海的西装店有上百家之多，职工超过万人。由此可
见，中西交融之风已深入服饰层面。

综上所述，时代变革、中西文化交融、南北往来频密，服饰一方面开始
向西方学习，与世界大同，另一方面保留了中国传统。男子长袍马褂与女子
"上衣下裳"的晚清服饰得到基本保留，面料以国产棉麻、毛、丝织品为主。
在与中国农耕文明的对比中，西方现代性文明受到热烈追捧，服饰也产生
"重样"心理，如流行的紧窄裤、女子穿男装、西式装扮等。晚清（约 1888
年 4 月 17 日）的《点石斋画报》刊有一副《花样一新》的石版画，画中名妓
身穿西式、日式和满族妇人的服装更有穿满族和汉族男子服装的②，女子服男
子服和西式装扮更是先进女性的刻意追求，体现了辛亥革命以后的女性要求
民主、自由、平等的观念。其中紧窄衣裤是服饰变迁发展的现代化趋向，反
映了人们对旧的服饰形制的反抗，以及对简明整洁的期望与追求，显示了市
民阶层精神面貌的焕然一新。

二、服饰折射市民文化景观

服饰总是随时代变化，应和社会思潮变迁。总的历史环境以及社会思潮
在时装中总是能够得到最为准确的表述。③ 现代市民小说是中西文化结合和艺
术交融的产物，其服饰描写便贴合和再现了这种交融之特色，同时也聚焦体
现了由其引发的各种社会思潮。

（一）"中西融合"的文化发展走向

上海得地利之优，处于中西文化交融的中心，新的制度、思想、文化与
旧的传统在此处碰撞、交融，衍射出新的事物。西方服饰话语开始逐渐渗入
市民生活，具体体现在服饰领域，西装、长袍马褂、旗袍共存共生，但它们
之间还存在某种矛盾。如包天笑在《钏影楼回忆录》中回忆自己因服饰传统
而被学生"诟病"的情景：

---

① 孙俊在. 洪深教授在复旦［M］// 萧乾. 海上春秋. 北京：中华书局，2005：57.
② 顾凡颖. 历史的衣橱：中国古代服饰撷英［M］. 北京：北京日报出版社，2018：426.
③ 爱德华·傅克斯. 欧洲风化史：资产阶级时代［M］. 赵永穆，许宏治，译. 沈阳：辽宁教育
出版社，2000：180.

我从青州府回到上海来，衣服很不入时……有一位女学生最喜欢多说多话的，便道："喂！先生！你的袖子管太长了。"我只好说："是的！我的衣服不入时了。"……那时我真有些窘了……下一次上课，我把……衣服也换了件袖子短的。①

学生对于教师服饰的诉求，更深层次是对教师"守旧"姿态的变相批评，根源在于新旧思想观念的矛盾与斗争。而服饰的中西交融、传统与现代并存的特征在张恨水《金粉世家》中体现得淋漓尽致：

燕西将身上堆花青缎马褂脱下，扔给了听差，身上单穿一件宝蓝色细丝驼绒长袍，将两只衫袖，微微卷起一点，露出里面豆绿春绸的短夹袄。燕西……左手拿着一根湘竹湖丝洒雪鞭……②

（见图 26）

燕西将藕色印度绸的衣料，挑了一件，天青色锦云葛的衣料挑了一件，藏青的花绫、轻灰的春绸又各挑了一件。想了一想，又把绛色和葱绿的也挑了两件。③

从第一回中对金燕西的服饰来看，他的服装仍是长袍马褂、夹袄，鞋子是皮鞋，配饰是"湘竹湖丝洒雪鞭"，尽显中西杂糅的风格。第五回中从金燕西对衣料的选择来看，仍以中国传统丝绸为主，颜色还是《红楼梦》中贾宝玉式的宝蓝、豆绿、撒雪。需要指出的是，因小说故事背景发生在北方，服饰搭配在海派的基础之上融入了些许北方特色。这一点对张爱玲小说创作也产生了一定影响。这与张恨水的古典笔法有关，但也不无对当时社会状况的反映。清末民初，社会的主调仍是"中体西用"，此时服饰变革虽有改良但主体仍保持传统风格。其实质是，一方面激烈反对传统，迫切要求服装变革，选择西式服装；另一方面受爱国主义和民族主义情绪影响，西式服装又未完全流行。对此，邱惜珍和白秀珠的服饰也能精准地体现这一点：

① 包天笑. 钏影楼回忆录 [M]. 香港：大华出版社，1971：337.
② 张恨水. 金粉世家 [M]. 武汉：长江文艺出版社，2014：8.
③ 张恨水. 金粉世家 [M]. 武汉：长江文艺出版社，2014：33-34.

她穿着淡红色的西装，剪的短发上，束着小珠辫……把脸凑上芍药花，去嗅花的那种香气。①

此时女性已经产生对服装改良的诉求，身着西装，但并未颠覆传统，仍旧保留旧时代矜持之风，就算是性情奔放的乌二小姐的穿着也不暴露。邱惜珍虽身穿西装，留一头时髦短发，但观其"小珠辫"和身边的芍药花，仍没有彻底脱离传统，呈现出新旧两种服饰、文化交融之初的矛盾特色。如小说中对白秀珠的服饰描写：

今天白秀珠也来了，穿着一件银杏色闪光印花缎的长衫，挖着鸡心领，露出胸脯前面一块水红色薄绸的衬衫。衬衫上面，又露出一串珠圈，真是当得艳丽二字。②

长篇小说《苔莉》中的人物服饰也体现了这种既传统又时髦的融合特点。女主人公苔莉的裙子是 20 世纪 30 年代比较时髦的一种款式，纱衣和裙子配成一套，风格逐渐趋于西化，而且风格也更为大胆和开放。

苔莉换上了一件淡绿的纱褂子，套了一件黑纱裙，电光透过她的纱衣，里面的粉红色的紧身背心隐约看得见。③

他望着她的忧郁的姿态愈觉得动人怜爱。浅红色的睡衣短得掩不住纯白色的裤腰，短袖口仅能及肘。④

只手把黑文华绉裙解下来了，湖水色的长丝袜套上至膝部了，桃色的短裤遮不住腿的整部。白质蓝花条的竹布衬衣也短得卷不住裤腰。跟着轮机的震动，衬衣的衣角不住地在电光中颤动。⑤

（见图 27）

①　张恨水. 金粉世家［M］. 武汉：长江文艺出版社，2014：53.
②　张恨水. 金粉世家［M］. 武汉：长江文艺出版社，2014：52.
③　张资平. 海派作家作品精选 苔莉［M］. 哈尔滨：北方文艺出版社，1997：8.
④　张资平. 海派作家作品精选 苔莉［M］. 哈尔滨：北方文艺出版社，1997：51.
⑤　张资平. 海派作家作品精选 苔莉［M］. 哈尔滨：北方文艺出版社，1997：81.

图 26 李晓彤 韩丹 绘

身上单穿一件宝蓝色细丝驼绒长袍，将两只衫袖，微微卷起一点，露出里面豆绿春绸的短夹袄。燕西……左手拿着一根湘竹湖丝洒雪鞭……两只漆皮鞋。（出自小说《金粉世家》）

图 27　李晓彤　韩丹 绘

　　只手把黑文华绉裙解下来了，湖水色的长丝袜套上至膝部了，桃色的短裤遮不住腿的整部。白质蓝花条的竹布衬衣也短得卷不住裤腰。（出自小说《苔莉》）

30 年代，中西方文化交融日渐深化，服饰中的西方元素占据主导，中国传统元素更多的只是作为点缀出现。颜色搭配也不再以古雅秾丽的那种红楼色系——"松花配桃红""大红配石青"为主，深灰等浅色和冷色进入人们日常生活。正如张爱玲在《沉香屑·第一炉香》中所描述的："可是这一点东方色彩的存在，显然是看在外国朋友们的面上。英国人老远的来看看中国，不能不给点中国给他们瞧瞧。"《苔莉》中的浅红色睡衣、黑文华绉裙、湖水色长丝袜、桃红色短裤、兰花条衬衣等服饰带有鲜明的印象派绮丽色彩的特征，借鉴了巴黎时装的诸多元素。张爱玲小说《花凋》中郑川嫦也戴着巴黎带来的别致项圈，梁太太的口红也是这一季巴黎最流行的桑子红。《苔莉》《花凋》均创作于 30 年代，其中的人物服饰仍是中西融合，但是相较于民国时期，西方审美已经是主流，东方元素只能作为原材料或者点缀。《啼笑因缘》中陶太太关于衣服料子的论述精当地说明了这一问题：

> 陶太太道："我以为中国的绸料，做女子的衣服，最是好看。所以我做的衣服，无论是哪一季的，总以中国料子为主。就是鞋子，我也是如此，不主张那些印度缎、印度绸。"①

中国的绸料自然是最好，言外之意，设计款式还是西方的更好。从当时载于《铁报》的一篇文章《剪鞋与盖印》来看："……好奇争胜的妇女们、最喜欢购买外国货的衣料、爱美贪廉的心总超越爱国心、这是无庸讳言而亦不必证明、十个人中难得有九个人的身上不有外国货、或外国货的衣料、的帽、的袜、的……"② 表明 30 年代中国上层女性服饰大多采用中国绸料和西式的印花亮纱制衣方法。

> 穿了葱绿绸的西洋舞衣，两只胳膊和雪白的前胸后背，都露了许多在外面。③
> 她今天只穿了一件窄小的芽黄色绸旗衫，额发束着一串珠压发，

① 张恨水. 啼笑因缘 [M]. 长沙：岳麓书社，2014：15.
② 张蓓蓓."海派"妓女服饰文化探微：清末民初娱乐文化、"舶来"的摩登与审美情趣 [J]. 艺术设计研究，2017（2）：24.
③ 张恨水. 啼笑因缘 [M]. 长沙：岳麓书社，2014：17.

斜插了一枝西班牙硬壳扇面牌花，身上披了一件大大的西班牙的红花披巾，四围垂着很长的穗子，真是活泼泼地。[①]

（见图 28）

于是走出舞厅，到储衣室里去穿衣服，那西崽见何小姐进来，早在钩上取下一件女大衣。[②]

而何丽娜的服饰尽显摩登范。何丽娜有留洋经历，穿衣风格完全西式。色彩艳丽的西洋舞衣，胳膊、前胸、后背很多都露在了外面。风气思想渐开，这种穿衣风格也被接纳。何丽娜穿着中式服装也带有西方韵味，旗袍穿出西式高级感，搭配非常现代的珠花和西班牙红花披巾，中西结合、大方活跃。而且从小说情节来看，何丽娜是外面罩大衣的，大衣由西崽给披上的情节是西式衣装文化的一个细节，当时已经把西方衣饰礼仪都融入社交生活里了。由此，从样式、裁剪甚至于布料，以及审美心理都显示出对西方的无限青睐。女子服饰"崇洋"的心理反映了民众对西方现代文明的向往。

中西融合也是民国初年新服饰制度的核心要义。"西化"是主要特色，但是考虑中国人的着装习惯，保留了传统服饰的特点。民国新的服饰制度具有"新旧并举"的总体特点：其一，倡导与世界大同、向西方看齐，但传统服饰亦得保留；其二，服色限制弱，丧服条例简化，服饰等级制度基本废除；其三，礼服面料倡用国货，常服不加限制。[③] 服制对于女子服饰没有任何限定，因此，女子服饰多元繁杂，潮流更迭不断。

（二）女性解放与大众文化思潮

服饰与社会思潮密切相关、同频共振，同时具有一定的"时效性"。19 世纪末 20 世纪初，中国处于变革转折时代，人们的观念也不断转变，服饰制度变更。基于此，社会风气也迎合与应和这种要求。服饰的变革往往与社会制度、风俗的变迁相生相伴。服饰的变化反映了时代政治、经济、民族、文化的内涵。如妇女服饰的变革预示着中国传统社会伦理纲常制度的土崩瓦解。1898 年，康有为公开提出：

---

① 张恨水. 啼笑因缘 [M]. 长沙：岳麓书社，2014：76.
② 张恨水. 啼笑因缘 [M]. 长沙：岳麓书社，2014：19.
③ 民国服制之初读会 [N]. 申报，1912-07-15.

图 28　李晓彤　韩丹 绘

她今天只穿了一件窄小的芽黄色绸旗衫，额发束着一串珠压发，斜插了一枝西班牙硬壳扇面牌花，身上披了一件大大的西班牙的红花披巾，四围垂着很长的穗子……（出自小说《啼笑因缘》）

> 且夫立国之得失，在乎治法，在乎人心，诚不在乎服制也。然以数千年一统儒缓之中国，褒衣博带，长裾雅步，而施之万国竞争之世……诚非所宜矣。

妇女主体意识开始觉醒，有意识、有规模穿着男装，革命家秋瑾和教育家张竹君便是其中典型的代表，她们为实现女性自由，建立男女平等关系树立了典范。包天笑的《碧血幕》（未完成）中秋瑾身穿西装风度翩翩、英姿飒爽，实现了性别的跨越，将自己对于性别的反叛体现在服饰上。女性易装"是跨越僵固之性别界限的行动，质疑了性别范畴的稳定性，并且在扮装的行为中，滑脱了固著主体位置的控制企图，而可以不断游移，找寻有力的阵地。"① 而后五四运动从根柢上冲决了中国延续千年的礼教传统，女性群体开始走出深闺、走向社会，大量"娜拉""子君"式的新女性涌现。她们决心不再受他人干涉，努力成为自己，"变装"成为她们"变身"的开始。女性服饰从繁复走向简约，从守旧变得时尚。如张爱玲在《更衣记》中所写：

> 民国四年至八九年，男人的衣服也讲究花哨，滚上多道的如意头，而且男女的衣料可以通用，然而生当其时的人都认为那是天下大乱的怪现状之一。②

民国初期，《申报》《妇女杂志》《良友》等报刊积极宣传西方民主思想及其时尚潮流的生活方式，引导人们接纳新的思想理念和生活方式。因此，就算是男装也已追逐"时尚"，重要的是男女装的衣料开始通用。众人皆以为"怪"的根源在于，这种既是服饰的变化也是思想意识的变革，具体指向女子追求男女平权。封建社会男女装界限相对分明，尤其男穿女装只是在戏剧中出现，只因女子不能登台唱戏，女性角色只能由男性扮演。新的生活由新的

---

① 王志弘. 流动、空间与社会 1991—1997 论文选［M］. 台北：田园城市文化事业有限公司，1998：52-53.

② 张爱玲. 更衣记［M］// 金宏达，于青. 张爱玲文集（第 4 卷）. 合肥：安徽文艺出版社，1992：34.

道德和新的生活方式构成，通过人的新的形象和精神面貌得以展现。无论现实还是文本中，服饰是一个表意的功能符号，揭示主体的生存形态。由此，女性服饰变革尤其是"女穿男装"表明："女性已经把自己与生活纳入了一种新的思想和道德秩序之中。"①

> 民国初建立……大家都认真相信卢骚的理想化的人权主义。……"喇叭管袖子"飘飘欲仙，露出一大截玉腕。……民国初年的时装，大部分的灵感是得自西方的。②

民国建立之后，历经"五四"、新文化运动的洗礼与大革命的冲击，加之报纸杂志等媒介的广泛传播，民主、科学、平等的思想观念已深入人心。至三四十年代，传统等级制度、儒家伦理纲常在服饰中的体现日渐式微，人们更习惯于宽松舒适、自由的服饰，具体包括男性的礼帽、西装、文明棍、长衫、皮鞋，女性则是旗袍、高跟鞋、烫发、打伞等。

张恨水曾回忆："到我写《啼笑因缘》时，我就有了写小说必须赶上时代的想法。"③ 此处的"赶上时代"有两层含义：一是符合时代思想文化之潮流；二是抓住读者群体思想观念和审美取向之转变。30 年代开始，市民阶层力量扩增，开始受到更广泛的关注。于是，《啼笑因缘》尝试摆脱"才子佳人"的创作模式，重心转向如何表现市民阶层。

> 看看家树，见他穿了一件蓝湖绉夹袍，在大襟上挂了一个自来水笔的笔插，白净的面孔，架了一副玳瑁边圆框眼镜，头上的头发虽然分齐，却又卷起有些蓬乱……④

（见图 29）

---

① 翟兴娥. 20 世纪 40 年代上海沦陷区女作家小说服饰研究 [D]. 武汉：武汉大学，2013.

② 张爱玲. 更衣记 [M] // 金宏达，于青. 张爱玲文集（第 4 卷）. 合肥：安徽文艺出版社，1992：31-32.

③ 解玺璋. 张恨水传 [M]. 北京：北京十月文艺出版社，2018：201.

④ 张恨水. 啼笑因缘 [M]. 长沙：岳麓书社，2014：5.

图29 李晓彤 韩丹 绘

看看家树，见他穿了一件蓝湖绉夹袍，在大襟上挂了一个自来水笔的笔插，白净的面孔，架了一副玳瑁边圆框眼镜，头上的头发虽然分齐，却又卷起有些蓬乱……（出自小说《啼笑因缘》）

主人公樊家树是带有平民意识的知识分子的代表。大襟上插自来水笔，戴眼镜是那个时代学生流行的配饰，而且从他的装扮来看，家境良好。与樊家树相比，侠女秀姑的服饰更为平民化，寥寥几笔——"青布衣服""头发上拖了一根红线"。青是深蓝色，也可以是黑色，蓝色布衣应是半新不旧的衣服。而同是平民阶层的沈凤喜的服饰也是竹蓝布长衫，凤喜的学生装则是蓝竹布褂和黑布短裙、白袜子。

> 一个姑娘……一张圆圆的脸儿，穿了一身的青布衣服，衬着手脸倒还白净，头发上拖了一根红线，手上拿了一块白十字布。[1]
>
> 一个十六七岁的姑娘……身上穿的旧蓝竹布长衫，倒也干净齐整。手上提着面小鼓和一个竹条鼓架子。[2]
>
> 看她身上，今天换了一件蓝竹布褂，束着黑布短裙，下面露出两条着白袜子的圆腿来……家树笑道："今天怎么换了女学生的装束了？"[3]

（见图 30）

再看凤喜当了将军夫人后的服饰描写，衣料、颜色、款式、配饰都有了很大的不同，旗袍采用印花亮纱，腿上还有昂贵的跳舞袜子，家常的衣服也是绫罗绸缎的。可见当时的流行款式已经非常丰富了，旗袍还没有非常短，改进的空间有限，这一时期服饰是在面料花纹细节上做文章，彰显富贵华丽。"……穿的印花亮纱旗衫，衣褶掀动……腿上的跳舞袜子"；[4] "凤喜穿着粉红绸短衣，踏着白缎子拖鞋，斜靠在那榻上"[5]。张恨水通过不同服饰的变化展现出了凤喜的不同年纪及身份地位的变化。

小说文本之外，在 30 年代民族危机背景下，社会各界呼吁民众穿"国货"服装。穿中式服装被视为促进民族经济发展的需要和解决国家民族危难的政治行为，中式服装也因此确立了政治正当性。由此，服饰对社会思潮的

---

[1] 张恨水. 啼笑因缘 [M]. 长沙：岳麓书社，2014：7.
[2] 张恨水. 啼笑因缘 [M]. 长沙：岳麓书社，2014：10.
[3] 张恨水. 啼笑因缘 [M]. 长沙：岳麓书社，2014：32.
[4] 张恨水. 啼笑因缘 [M]. 长沙：岳麓书社，2014：167.
[5] 张恨水. 啼笑因缘 [M]. 长沙：岳麓书社，2014：178.

图 30　李晓彤　韩丹 绘

一件蓝竹布褂，束着黑布短裙，下面露出两条着白袜子的圆腿来。（出自小说《啼笑因缘》）

迎合与应和，背后实质都是民族化与现代化的过程。

三、服饰体现作家与都市现代价值观的契合

现代小说家何以选择服饰以及如何通过人物服饰展现其作品的独特魅力？都市生活孕育理性与务实的精神。现代小说家是基于文学市场化和社会现实背景做出的选择。他们意识到文学创作要市场化，要"用一种新的媚俗手法来夺取广大读者，实际上就是采用通俗文学的一些写作规范和叙事策略，如曲折离奇的爱情故事、一见钟情的叙事模式等来获得读者的认可，通过作品反映都市市井生活、市民生活的小说，在一定程度上受到了社会大众的喜爱和广泛阅读，这也进一步促成了海派文学务实的特点"。① 与此同时，现代小说家还积极表达自己对于现实的关注，但是这种关注只是关注或者同情，少有立场和态度。因此，城市市民种种人物服饰不仅反映了时代的变迁与精神，而且折射了作家务实的创作观，可以说是在"畅销"的前提之下，关注到社会现实。

无论受日本新感觉派及弗洛伊德精神分析影响的新感觉派小说，还是注重日常生活叙事的张爱玲、苏青，现代市民小说人物服饰在很大程度上是为了迎合大众和市场审美。也就是说，文学市场化在根本上影响和改变了作家对自身社会角色的认知以及写作的观念。对此，苏青声称："我很羡慕一般的能够为民族国家，革命，文化或艺术而写作的人，近年来，我是常常为着生活写作的。"② 关于文学创作及功用，穆时英和叶灵凤在文章中认为："不够教育大众，也不敢指导（或者该说麻醉）。青年，更不想歪曲现实，只是每期供给一点并不怎样沉重的文字和图画，使对于文艺有兴趣的读者能醒一醒被其他严重的问题所疲倦了的眼睛，或者破颜一笑，只是如此而已。"③ 徐訏更是直接指出："其实文学也不过是一种娱乐。"④ 关于写作对象的选择，现代市民小说几乎都选择了大众。张爱玲认为，好的作品应该"完全贴近大众的心，

① 金立群. 媚俗化：中国近现代通俗文学的现代性碎片呈现 [D]. 武汉：华中师范大学，2006.
② 苏青. 自己的文章 [M] //苏青. 饮食男女：苏青散文. 北京：新世界出版社；2003：271.
③ 穆时英，叶灵凤. 编者随笔 [N]. 文艺画报，1934-10（创刊号）.
④ 徐訏. 谈艺术与娱乐 [M] //中国现代文学馆. 徐訏代表作. 北京：华夏出版社，2008：250.

甚至于就像从他们心里生长出来的，同时又是高等的艺术"。① 从市民大众审美出发、以市场为导向，体现了现代上海市民小说"务实"的写作作风。

新感觉派小说将写作的中心聚焦在"十里洋场"，包罗夜总会、咖啡馆、酒吧、电影院、跑马厅等娱乐场所，关注狐步舞、爵士乐、模特儿、霓虹灯，捕捉都市人敏感、纤细、复杂的心理感觉。"如果没有上海租界内南京路、霞飞路林立的百货商场、饭店、酒巴、电影院、跳舞厅，没有活动其间的白领阶层，也就没有了新感觉派的表现对象和消费对象。"② 这在《上海的狐步舞》《被当作消遣品的男子》《黑牡丹》《某夫人》《骆驼·尼采主义者》《夜》等小说中有着鲜明的体现。其中《上海的狐步舞》在颓废之外，充满了对上海摩登的反讽，将上海描摹成为"造在地域上的天堂"，内部既有资产阶级的摩登时间，也有工人阶级的劳作、贫困、死亡和鲜血，这种强烈的对比构成了上海矛盾而统一的世界。

20 世纪 30 年代，现代市民小说家的服饰观已基本形成，穆时英的小说对潮流浪尖上的时尚有敏感的神经，甚至把时髦女郎的装束写得具有动物气。学者杨义在《京派海派综论》中认为："刘呐鸥、穆时英等人把注意力集中于都市的外在景观，集中于那里的色彩、声响、气味、节奏。他们往往并不致力于从整体上感受世界，而是通过一个特殊的视网膜或色谱仪把洋场景观分解成七零八落、五光十色，在爵士乐一般喧腾活跃的节奏中摇落出种种烟酒味和脂粉气。他们的审美感觉和表现手段是时髦的、花哨的、富有刺激性的，在当时中国文坛上又是极为新颖的。"③ 当时社会语境内，女子被期待和要求参与到救亡和启蒙中，在服饰上表现在展现男性美而不是暴露病态美。叶灵凤在其小说《第七号女性》中就多次强调了这个被观察的第七号女性的外貌：Reynolds 型的圆脸，大眼睛，不加修饰的眉毛和嘴唇，坚实的小腿等。叶灵凤通过对女性美的感觉反映了当时健美而自由的开朗的新风尚，"爱莎多娜·邓肯式的向后飞扬的短发"取代了中国传统的长长的直直的黑发，"Reynolds 型的圆脸"而不是中国古典式的瓜子脸获得了作者的青睐。

---

① 张爱玲. 我看苏青 [M] //金宏达, 于青. 张爱玲文集（第 4 卷）. 合肥：安徽文艺出版社, 1992：226.

② 吴福辉. 五光十色的上海文坛 [M] //张炯, 邓绍基, 樊骏. 中华文学通史·第七卷·近现代文学编（现代文学 下）. 北京：华艺出版社, 1997：75.

③ 杨义. 京派海派综论（图志本）[M]. 北京：中国社会科学出版社, 2003：141.

　　这种"时髦的、花哨的、富有刺激性的"文学描写方式，一方面加强了文学的表现方式，体现了文学的现代都市性；另一方面对于体现文学审美意象具有极大的价值。在娱乐、畅销的追求之下，隐藏着现代市民小说家对现实尤其是"大众"生存状态的关注。"在悲哀的脸上戴了快乐的面具"，是穆时英小说人物的一大特点，也是《上海的狐步舞》里各色人等的深层写照。刘有德先生的妻子颜蓉珠，因为贪图金钱嫁给了一个在年龄上是她父亲的老板，内心里难道不是寂寞的吗？至于"被生活压扁了的人"和那些"被生活挤出来的人"，如底层的工人、黄包车夫以及娼妓等，难道不都是尝尽"生活的苦味"吗？他们与刘有德们虽然处于不同的社会阶层，但是他们内心深处的寂寞感难道没有相似之处吗？在《上海的狐步舞》里，作者以全知视角向读者展示着上海各个阶层发生的故事和场景。由此分析，穆时英小说创作或多或少受到当时政治局势、社会现实背景的影响。抗战爆发以后，经济衰退，文学市场受到剧烈冲击，上海现代市民小说开始走向衰落。无论文风还是服饰描写都与 30 年代的摩登前卫相去甚远，趋于保守和简约，这在张爱玲的小说《色·戒》中体现得尤为明显：

　　　　穿着灰色西装，生得苍白清秀，前面头发微秃，褪出一只奇长的花尖；鼻子长长的，有点"鼠相"，据说也是主贵的。①

　　易先生的西装看似极为普通，或与其特务职业需要有关，不能引人瞩目，或是当时物资匮乏的时局所致。官太太们的黑呢斗篷无论颜色或质料都显单调，衬托出孤岛上海经济衰退和压抑的政治氛围。张爱玲的服饰叙事习惯把古典味道的描写放在现代意境里，产生矛盾张力，如曹七巧头上的风凉针和蝴蝶标本。另外，她还经常堆砌、罗列服饰细节，对于饰物和款式也使用一些世俗的日常俚语，比如娇蕊的一线天、兰仙的金三事、一口钟黑大氅等。

　　现代市民小说中对于人物服饰的强化，一方面是由于上海这个现代都会为作家们提供了各种便利于文学创作的先天条件；二是由于海派作家的商业化运作、新的社会文学思潮的影响以及他们寻求个人主义的生活方式的内在

① 张爱玲. 色·戒［M］∥金宏达，于青. 张爱玲文集（第 1 卷）. 合肥：安徽文艺出版社，1992：250.

要求；三是由于消费文学作品的市民阶层读者群体的形成和壮大，以及他们阅读品位的内在需求。正是由于这三方面的交互影响，使得现代市民小说在新的发展过程中，对于人物服饰形成了新的写作构思以及审美趋势。正如学者李今在《海派小说与现代都市文化》中所说："海派小说可以说是上海时髦的镜子或者速写，他们对于现代都市的理解和文化想象也是最先从这些物质的形式开始的。对于他们来说，现代都市的风景不仅仅是小说人物活动的舞台和背景，更是取得同等重要位置的小说要素，其本身即成为小说的新题材、新主题和新技巧的来源，在他们的文化活动中取得了中心的位置。"①

"我觉得不同的海派作家虽有不同的转向目的，但基本的形态是着眼于读书市场，追赶新潮。……这种求新求变的人文性格，自然造成海派不甘寂寞，创新意识强，对市场反应快等特长，如果稍稍走偏，便是一付赶时髦、看风头、圆滑的习气。"② 这种以实用功利色彩为核心的模式，不仅体现在人们日常生活的消费享乐上，也体现在现代都市的文化建设之中。易中天在《读城记》中讲道：这就是上海人。在他们身上，不断融合商业社会的精明、理性，又保留着中华文化的优雅、仁义。这种内规则就是市民理性，它用一种平和淡定的态度来观察世界，判断是非标准，有时候会更自利一些，但这无疑是中国人现代性格中最为文明理性的地方。③ 正是由于这种务实、实用的精神，形成了整个上海重利实用的社会风气。而这反映在文人头脑之中和笔下，就是服饰都有一定的规制，服饰造型美观、时尚典雅，融民族传统和现代潮流于一体。

---

① 李今. 海派小说与现代都市文化［M］. 合肥：安徽教育出版社，2000：21.
② 吴福辉. 都市漩流中的海派小说［M］. 长沙：湖南教育出版社，1995：106.
③ 易中天. 读城记［M］. 上海：上海文艺出版社，2018：129-183.

第二部分　服饰塑造
都市市民的典型特征

典型人物形象是优秀小说的重要标志，而人物服饰对于人物形象独特性的塑造功能不容小觑。王维堤在《中国服饰文化》中指出："从小说美学的角度看，服饰描写是刻画人物的一个重要手段，有时甚至与典型塑造的成功与否直接有关。"[①] 服饰的象征性是塑造人物形象的基础。象征不是一种独立性的存在，而要通过服饰"能指"来表现它的"所指"。黑格尔认为，从服饰的"能指"即感性观照来看，其可以识别小说人物的身形外貌、所处的时代、地位；从服饰的"所指"即指符号象征来看，其可以推断小说人物个体审美、性格、心理甚至命运的起伏变化。象征的感性部分暗示了它所指向的理性内容。同时，黑格尔也指出，象征意义与形象之间的有效链接，前提在于诗人（小说家）主体性的确立，也就是他的精神渗透到一种外在事物的情况，以及他的卓越才能。[②] 如此才能从感性现象中抽象出精神意义，才能将实际或者相对内在的观念加以形象化，或者建立与其他类似物质性形象的联系。现代市民小说中的人物大多是些半新不旧的中上或中下层市民，具有典型的市民特征。现代市民小说家在小说创作过程中有意识地将服饰与人物情感心理交融，服饰成为市民阶层性格、心理、命运的外化，不同的颜色、样式、质地的服饰都是在塑造形象。

一、正面表现人物世俗价值观

"服饰可以使个体符合社会角色"[③]，是人思想心理的外延。沈从文在

① 王维堤. 中国服饰文化：图文本［M］. 上海：上海古籍出版社，2001：149.
② 黑格尔. 美学（第三卷·上册）［M］. 朱光潜，译. 北京：商务印书馆，1979：158-162.
③ 王丽. 符号化的自我［M］. 北京：中国社会科学出版社，2006：14.

《中国古代服饰研究》中更是直接指出："装扮又是一种内心思想的持续表现，一种语言，一种象征。"① 服饰本身本无思想，但一旦与人物结合，便生成一个完整的服饰形象影响人物的思想情感甚至价值观。现代市民小说中的人物服饰常被用于揭示市民阶层的思想意识、表征市民阶层的物质欲求以及表现市民阶层的价值观念。

（一）市民人物的启蒙思想意识

启蒙与解放是中国现代文学的关键词，也是对当时社会大众思想意识的精准概括。从现代性角度分析，海派市民小说带有先锋意味，突破了传统伦理束缚，人物形象尤其是女性形象大都具有现代独立精神与个人意识，如《红玫瑰与白玫瑰》中的王娇蕊、《倾城之恋》中的白流苏、《色·戒》中的王佳芝、《沉香屑·第一炉香》中的葛薇龙等。但是在早期海派市民小说中，多数人物仍在传统伦理道德框架之内，带有哀怨与悲剧色彩，如《玉梨魂》中的白梨影。由此可见，现代市民小说中人物思想意识的演进与服饰变迁过程大致同步，而且前者决定后者，后者表现前者。

《玉梨魂》中的白梨影之所以成为悲剧，根源在于她传统的女德思想。小说一开场，白梨影身着白衣素裳，在月下饮泣，宛如《红楼梦》里的警幻仙子：

> 瞥见一女郎在梨树下。缟裳练裙，亭亭玉立，不施脂粉，而丰致秀娟，态度幽闲，凌波微步飘飘欲仙。……此次之哭，比前更觉哀痛。呜呜咽咽，凄入心脾，与颦卿之哭埋香冢，诚可谓无独有偶。②

（见图 31）

① 沈从文. 中国古代服饰研究 ［M］∥郭剑卿. 服饰塑造：中国现代小说的"时髦"话语.［M］. 北京：文化艺术出版社，2019：94.
② 徐枕亚. 玉梨魂 ［M］. 南昌：江西人民出版社，1986：8.

图 31　李晓彤　韩丹 绘

　　瞥见一女郎在梨树下。缟裳练裙，亭亭玉立，不施脂粉，而丰致秀娟，态度幽闲，凌波微步飘飘欲仙。（出自小说《玉梨魂》）

白梨影服饰是民国传统女性服饰，表明其属于中国传统女性，性情高洁、品味高雅。按照才子佳人小说的创作规律，此般女子必定耐不住"山中高士晶莹雪"的寂寞，应是郎才女貌、花好月圆式的情节。但是白梨影与何梦霞两人始终没有迈出封建礼教的圈禁，最后悲剧再度上演。因此，此处的人物服饰意在表明白梨影思想意识的传统属性而非外在特质。与白梨影形成鲜明对比的是周瘦鹃笔下的寡妇王夫人。王夫人"麻衣重孝"服饰外表之下奔涌着强烈的情感。二者的服饰形成了鲜明对比，白梨影已经被传统伦理道德修剪得近乎完美，才貌兼备还不妒忌；王夫人则不然，她冲决网罗，守寡十年之后失节生了孩子，而且并不因此感到羞耻和避讳，在思想意识层面完成了从传统向现代的转变。两个人物社会角色、思想、性格、命运完全不同，但都指向同一个问题，即在新的社会背景环境之下，女性该以何种思想意识和姿态面对新的生活。徐枕亚和周瘦鹃从正反两方面对这一问题做了回答。新人新衣、旧人旧衣，服饰的背后是人所处时代及其启蒙思想意识的真实写照。

张爱玲则以另一种方式反抗与批判传统伦理，追求女性独立。作为封建纲常伦理代表的父亲和兄长，在张爱玲小说中几乎都是反面存在的。如《花凋》中宁可养姨太太也不肯给女儿看病的郑先生。鞋子成为传统伦理道德禁锢女性的工具象征，绣花鞋的背后是裹脚的摧残与痛苦，目的在于限制女性挣脱封建伦理的行动力。姜长安和石翠芝原本有走向独立的愿望，无奈被母亲扼杀，最终走向命运的悲剧。鞋子实际上折射出的是女性独立意识被摧毁的凄凉感。如《十八春》（后改名为《半生缘》）里的石翠芝一样地穿绣花鞋，她在雨里不自惜地跑，叔惠都觉得疼惜，猜想这一双绣花鞋怕是要溅上泥浆了。石翠芝不是没有做过独立的努力，她也曾计划去上大学，渴望走出旧式家庭过独立女性的生活，然而她很轻易地就放弃了，回去接受包办婚姻，安于做相夫教子的太太。看似圆满的背后"到底意难平"，婚后的石翠芝还会想叔惠。

　　地板正中躺着烟鹂的一双绣花鞋，微带八字式，一只前些，一只后些，像有一个不敢现形的鬼怯怯向他走过来，央求着。①

―――――――――――

① 张爱玲. 红玫瑰与白玫瑰［M］//金宏达，于青. 张爱玲文集（第 2 卷）. 合肥：安徽文艺出版社，1992：163.

《红玫瑰与白玫瑰》中的孟烟鹂更是女性遵循三纲五常的典范，对她来说，丈夫就是天，一切都不能独立，在男性夫权的世界里哀哀地祈求着，成为男权的附属品，显得毫无生机。相反地，娇蕊的结局是给人想象空间的，这里给出的思考很耐人寻味，人生的内容除了男人总还有别的，这种虽算不上生活的独立，但可以说是女性人格的独立。娇蕊在沦陷感情里的时候猛然发现自己受到了欺骗和玩弄，她是不纠缠的，她其实在人格上很自尊、很磊落。处理完自己的情绪以后她又是决绝的，没有纠缠不休，再也没有来找佟振保，没有让他为自己的行为负责，这是一种女性的独立意识了。从周瘦鹃、徐枕亚再到张爱玲和施济美的小说，女性不断觉醒，抛掉绣花鞋，摆脱对男性、男权的依赖，争取解放获得独立，创造出具有启蒙思想意识的海派美学。

（二）市民人物的日常生活欲求

现代市民小说中，服饰往往成为女性欲求的象征。张爱玲曾指出："生命是一袭华美的袍子，爬满了虱子；衣服是一种言语，随身带着一种真戏剧；我们各自生活在自己的衣服里。"① "服饰无时无刻地将人与社会联系到一起，它本身就是个体与群体、自我与他人、私人与公众等多重关系的交汇点，它随时随地都在揭示着这些关系中的人的精神世界。"② 由此，从某种意义上看，对服饰描写进行符号分析，可以抵达人物的内心深处。

施济美在《十二金钗》中通过描写胡太太（王湘君）的人生经历对于女性的人性欲望进行了深入的挖掘。胡太太少女时代接受新思想，崇尚自由恋爱，为爱情放弃金钱。但在丈夫去世之后，为生活所迫，胡太太的价值观和道德观发生颠覆性改变，对金钱充满欲望，认为"人活在世上，只有钱才能靠得住，尤其在这种年头儿"③。因此胡太太教导自己的女儿："至于女人的风光，却是靠男人的娇宠和金钱而来的。"④ 她对女儿的教育还体现在对女儿的服饰打扮上：

---

① 来凤仪.张爱玲散文全编［M］.杭州：浙江文艺出版社，1992：94.

② 邓如冰."衣冠不整"和"严装正服"：服饰、身体与女性类型：从《红玫瑰与白玫瑰》的服饰描写看张爱玲笔下的女性形象［J］.中国文学研究，2008（2）：78.

③ 施济美.十二金钗［M］//汤雪华，等.小姐集.北京：人民文学出版社，2007：150.

④ 施济美.十二金钗［M］//汤雪华，等.小姐集.北京：人民文学出版社，2007：156.

胡太太决定领到薪水就上街买料子，替艳珠做两件衣服……艳珠再一打扮，那赵一德……胡太太胜利地笑了。①

淡黄色的长大衣，剪裁成最流行的高贵式样，以最美丽却是极矜持的姿态捧着大束鲜花，手里拎了一个方型纸盒……她脱了大衣，露出里面长袖子的柠檬黄缎袍，襟前镶滚了咖啡色的云字头。

（见图32—图35）

胡太太不惜让女儿沦为赵一德的玩物以满足自身的欲求，购买贵重衣料、鸡心的项链首饰、在天蟾舞台看戏、购买高等住房。欲望颠覆了胡太太的价值观与道德观，使之沦为金钱的奴隶。作为曾经的女性解放运动的实践者，胡太太的转变给当时正在进行的女性解放运动以极大的讽刺。施济美对新颖、独特的服饰意象的运用使得作品内蕴更加深沉。

她穿着的一件曳地的长袍，是最鲜辣的潮湿的绿色，沾着什么就染绿了。……衣服似乎做得太小了，两边迸开一寸半的裂缝，用绿缎带十字交叉一路络了起来，露出里面深粉红的衬裙。②

（见图36）

《红玫瑰与白玫瑰》中的王娇蕊自由率性、毫不掩饰自己内心的欲求，从她的着装风格可窥探一二：衣服迸开的裂缝，绿缎带十字交叉还络不住的娇艳衬裙……服饰的暴露意在象征王娇蕊内心的骚动。"在中国民俗中，女衣是女身的象征，男子得到了女子的贴身衣，那就意味着他和她发生了'私情'。"③ 王娇蕊以"衣冠不整"的形象出现在佟振保面前，以她大胆的"服饰语言"表达自己的欲求。正因如此，她可以出轨，表达自己的欲求，而且冠冕堂皇地认为这是一种本事，学会了就不能闲着不用，纲常伦理、婚姻道德全部湮灭在她的欲求之中。

---

① 施济美. 十二金钗 [M] //汤雪华，等. 小姐集. 北京：人民文学出版社，2007：126.

② 张爱玲. 红玫瑰与白玫瑰 [M] //金宏达，于青. 张爱玲文集（第2卷）. 合肥：安徽文艺出版社，1992：136.

③ 王政. 女衣：女身的象征 [J]. 东南文化，1997（4）：105.

图 32　郑爽　韩丹 绘

　　淡黄色的长大衣，剪裁成最流行的高贵式样，以最美丽却是极矜持的姿态捧着大束鲜花，手里拎了一个方型纸盒……她脱了大衣，露出里面长袖子的柠檬黄缎袍，襟前镶滚了咖啡色的云字头。（出自小说《十二金钗》）

图 33　郑爽　韩丹 绘

　　北京缎的短袄拿来了，翠月色的，上面有金线织成的花和鸟，凤凰帮着她穿上，那衣服是对襟式样，有点像男人的马褂，这种打扮最适合娇小身材的女孩子，因为别有一种机伶俏皮的神态。这就是十七岁的韩芳子，满月样的脸，新月样的眼，柳叶眉，菱角嘴，鼻子是扁平的，不美，却透着十分可爱。(出自小说《十二金钗》)

图 34　郑爽　韩丹 绘

　　于是楠孙决定穿那件蜜黄色的，昨天晚上已将鹅黄的绒线衣赶完工了，两边绣上彩色的花……而且她的大衣也是咖啡色的，美中不足是只有黑的皮包与皮鞋……双手搁在身前，交叉了十指。（出自小说《十二金钗》）

图 35　郑爽　韩丹 绘

那件衣服，是横道子的花纹，红蓝白紫的波浪在绿底子的海面上一起一伏，周身都是烂醉的颜色……"所以她是五彩腊肠"。（出自小说《十二金钗》）

图 36 李晓彤　韩丹 绘

　　她穿着一件曳地的长袍，是最鲜辣的潮湿的绿色，沾着什么就染绿了。……衣服似乎做得太小了，两边迸开一寸半的裂缝，用绿缎带十字交叉一路络了起来，露出里面深粉红色衬裙。（出自小说《红玫瑰与白玫瑰》）

　　与之形成鲜明对比的是"白玫瑰"孟烟鹂，她在小说中的服饰是单一的白、笼统的白，中规中矩：

　　　　初见面，在人家的客厅里，她立在玻璃门边，穿着灰地橙红条子的绸衫，可是给人的第一个印象是笼统的白。……风迎面吹过来，衣裳朝后飞着，越显得人的单薄。①

　　　　（见图 37）

　　　　她穿着一身黑，灯光下看得出忧伤的脸上略有些皱纹，但仍然有一种沉着的美。②

　　孟烟鹂一直被要求做一个"好女人""好学生""好女儿""好妻子""好母亲"，但在她的价值体系中始终没有自我。从她的着装中可以看出，完全按照他人意志，尤其是男性审美意志去塑造自己，把自己变成了一个合乎权威与规矩，却毫无自我意识的女性。在家庭结构中，她也只是一个符号般的落寞的存在。丈夫在新婚之夜就对她的身体失去了兴趣，久而久之，佟振保开始宿娼，最后孟烟鹂出轨裁缝。她的出轨与王娇蕊不同，她的出轨是压抑之后的一次疯狂爆发，而非主动表达和追求自己的欲求。孟烟鹂在疯狂之后重新回归单调的生活，尚且不如"阁楼上的疯女人"③，在丈夫的厌恶中卑微地活着，甚至失去了令人愤怒的能力。王娇蕊虽然没有成为佟振保的妻子，但她选择了自己的生活，并按照自己的意愿生活。《红玫瑰与白玫瑰》中王娇蕊的"衣冠不整"与孟烟鹂的"严装正服"显示了二人在自主性和生命力方面的差异，以及她们面对夫权规制之下对自身欲求表达的态度。

　　穆时英在《白金的女体塑像》中将女性服饰表现的性欲展现得淋漓尽致。他以男性视角观察女性身体，作为虔诚基督徒的谢医生在面对性感的年轻女性时，欲望在心中激荡，此时信仰也被欲望裹挟；同时，服饰也外化了女性

　　① 张爱玲. 红玫瑰与白玫瑰［M］//金宏达，于青. 张爱玲文集（第 2 卷）. 合肥：安徽文艺出版社，1992：151.

　　② 张爱玲. 红玫瑰与白玫瑰［M］//金宏达，于青. 张爱玲文集（第 2 卷）. 合肥：安徽文艺出版社，1992：163.

　　③ 桑德拉·吉尔伯特，苏珊·古芭. 阁楼上的疯女人：女性作家与 19 世纪的文学想象［M］. 杨莉馨，译. 上海：上海人民出版社，2015.

图 37 李晓彤 韩丹 绘

她立在玻璃门边，穿着灰地橙红条子的绸衫，可是给人的第一个印象是笼统的白。

（出自小说《红玫瑰与白玫瑰》）

的欲望。这两种欲望都是物质生活急速发展带来的精神放纵，本质属于"都市病"。与京派小说表现乡村田园世界不同，海派关注的是繁华的都市。新感觉派作家笔下的女性人物形象既不同于传统女性，也有别于革命女性。新感觉派作家塑造的女性形象服饰色彩斑斓、款式新潮，活动的场所多是舞厅和娱乐场所，扮演着两性关系中"引诱者"①的角色，颠覆了"男尊女卑"的传统道德观念，在一定程度上获得了主体性，具有某种"现代性"特征。新感觉派内部，不同作家对女性的叙事也存在差异。刘呐鸥和穆时英对女性内心和精神世界的探索不够，女性大多内心空虚，并依靠外在的华丽与两性关系中的刺激支撑这种落寞，女性观相对狭隘。施蛰存则更好地把握了女性世界，超越了性别立场的局限性，创作也更加贴近现实。作家个体生命体验不同是造成这种差异的主要原因。

（三）市民阶层的价值取向

城市化必然促使居民生产生活方式的变革，也必然会形成现代市民价值观。囿于中国数千年农耕文明传统，现代市民价值观的形成需要更多的时间，其间也必然经历反复。但是这种反复是现代商业文明发展的必然趋势和结果。服饰外在体现人的审美观念，内在体现人的价值取向。陈丹青认为："服饰是划分人群的最早的方式之一。"② 现代市民小说中的"海派"人物服饰生动地表现出当时上海市民阶层的价值取向与审美观念。

> 原来是伏在那劈面走来的一位姑娘的肩膀上的一只山猫的毛皮。……迷朦的眼睛只望见一只挂在一个雪白可爱的耳朵上的翡翠的耳坠儿在他鼻头上跳动。③

小说《都市风景线》中，"山猫的毛皮""翡翠的耳坠儿"等是当时上海

---

① 杨馥菱. 新感觉派作家服饰描写中的女性叙事 [J]. 山西大同大学学报（社会科学版），2017（5）：8-11.
② 陈丹青. 谈话的泥沼 [M]. 桂林：广西师范大学出版社，2014：164.
③ 刘呐鸥. 游戏 [M] // 王彬. 中国现代小说、散文、诗歌名家名作原版库：简装书. 北京：中国文联出版社，1998：2-3.

比较流行的服饰，体现了市民阶层社会地位以及传统朴素的服饰审美观。学者史书美在评论刘呐鸥小说中的"摩登女郎"时说：她属于珠光宝气的、颓废的中产阶级消费者，在二十年代后期的都会享乐背景里，她通过穿着、吸烟、喝酒对传统表示蔑视。① 奇装异服的背后是消费文化的盛行，更是当时人们享乐、颓废价值观的具体表现。"颓废"在西方是一个含义明确的艺术概念。它是现代性中的一张"脸"，是发展的另一面。在卡林内斯库的悖论性论述中，"进步即颓废，颓废即进步"②，它是"美学现代性"的标记。卡林内斯库认为："他们是一种美学现代性的自觉宣扬者，这种美学现代性尽管有着种种含混之处，却从根本上对立于另一种本质上属资产阶级的现代性，以及它关于无限进步、民主、普遍享有'文明的舒适'等等的许诺。"③ 为对抗资产阶级自以为是的人性论和矫情的世俗主义，颓废派或唯美派在道德和美学上提出并坚持一种自我间离的风格。正如波德莱尔所坚持的美学风格——"既颓废又崇高，也现代"。新感觉派小说深受欧美颓废美学的影响。"飘动的裙子""飘动的袍角""精致的鞋跟""蓬松的头发""衬衫的白领""翡翠坠子"，奢靡的背后是服饰主体的颓废，以及享乐主义价值倾向明显。消费世界内，金钱主导一切，人的特征也逐渐消失，因此小说中几乎没有典型人物存在。无论是刘友德父子、刘颜蓉珠或下层无角色身份的白衣侍者、燕尾服绅士、窄裙姑娘、旗袍姑娘等都是消费享乐世界里的芸芸众生，缺乏信念与信仰。服饰在社会作用下异化成为人的精神分裂图像。

潘柳黛小说《一个女人的传奇》中的杜媚在物欲横流中变得极尽虚荣。出身寒微的她不满足于自己的外在装扮，以牺牲色相、爱情和婚姻为代价，成为电影明星。

---

① 史书美. 性别、种族和半殖民地：刘呐欧的上海大都市风景 [M] // 史书美. 现代的诱惑：书写半殖民地中国的现代主义（1917—1937）. 何恬，译. 南京：江苏人民出版社，2007：331.
② 马泰·卡林内斯库. 现代性的五副面孔：现代主义、先锋派、颓废、媚俗艺术、后现代主义 [M]. 顾爱彬，李瑞华，译. 北京：商务印书馆，2003：167.
③ 马泰·卡林内斯库. 现代性的五副面孔：现代主义、先锋派、颓废、媚俗艺术、后现代主义 [M]. 顾爱彬，李瑞华，译. 北京：商务印书馆，2003：173.

　　杜媚常常羞惭于她那又阔又大不是破了，就是褪了颜色的旧衣服。①

　　淡蓝色的纱旗袍，因为被雨淋湿了，早已贴在身上。她弄得又急又窘。②

　　那像小电灯一样的熠熠发光的钻石首饰……更使她显得无比的辉煌和富丽。③

　　杜媚服饰的变迁既是其人生蜕变的历程，也是她拜金价值取向形成的过程。上海消费主义、奢靡颓废之风盛行，对市民阶层价值取向产生了一定影响，这种价值取向也反过来创造和影响消费文化。由此，海派市民小说家在创作中赶时髦，"以民众的福利为前提"，尤其在表现市民阶层的世俗生活方面。例如，张爱玲《倾城之恋》等新市民小说人物服饰便体现了人物（市民阶层）消费主义、享乐主义、颓废的价值取向。

二、侧面衬托人物典型性格

　　性格是人物形象的灵魂，也是区别于其他形象的标志。服饰描写是彰显人物性格的重要手段。正所谓："然人有生成之面，面有相配之衣，衣有相配之色，皆一定而不可移者。"④古人擅长以服饰表达自己的心智或思想：孔子"文质彬彬，然后君子"；墨子"衣必先常暖，然后求丽"；老子"被揭怀玉，养志忘形"。现代市民小说中，服饰与人物的个性交相呼应，他们或穿着鲜艳之衣，灵动活泼，或素朴大方，娴静端庄，各自演绎着自己独特的精彩人生。

　　《沉香屑·第一炉香》中的梁太太是小说的次要人物，但却是幕后的操纵者和悲剧的缔造者。外表华丽内心肮脏，甚至连自己的侄女也被她作为吸引年轻男性的诱饵。从她出场的服饰来看，其人物的设定就是"黑化"⑤的：

---

①　潘柳黛. 一个女人的传奇 [M]. 上海：文汇出版社，2010：6.
②　潘柳黛. 一个女人的传奇 [M]. 上海：文汇出版社，2010：17.
③　潘柳黛. 一个女人的传奇 [M]. 上海：文汇出版社，2010：351.
④　李渔. 闲情偶寄 [M]. 沈勇，译注. 北京：中国社会出版社，2005：37.
⑤　所谓"黑化"，是 ACGN 次文化中的萌属性之一，指人物在性格上或精神状态上的一种剧变，简单来讲就是切换至阴暗人格。

一个娇小个子的西装少妇跨出车来,一身黑,黑草帽檐上垂下绿色的面网,面网上扣着一个指甲大小的绿宝石蜘蛛……那面网足有两三码长,像围巾似的兜在肩上,飘飘拂拂。[1]

(见图 38)

……只管把一把芭蕉扇子阖在脸上,仿佛是睡着了。……薇龙猛然省悟到,她把那扇子挡着脸,原来是从扇子的漏缝里盯眼看着自己呢![2]

蜘蛛网般的服饰,揭示了梁太太如蜘蛛一般诡诈、多疑、凶狠、狡黠、爱慕虚荣的性格。金漆交椅上的梁太太,"芭蕉扇子"是一种遮掩、窥视的工具,扇子的背后是像老虎一样伸出触须、伺机捕猎的梁太太,进一步凸显她狡黠的性格。她的假寐正是一种窥视人的手段。这里扇子把梁太太的内心活动进行了逐层递进式说明:由假寐被葛薇龙发现之后,到心中盘算,再到决定吸引葛薇龙,最后设计"捕获"。瞬息之间,思绪转换如此之快,心思如此缜密,多疑、狡黠、诡诈的性格跃然纸上。

小说《半生缘》(原名《十八春》)中所描写的人物中涉及服装服饰的有18人,翔实的服饰描写约有53处,这些人物服饰成为衬托人物性格的重要内容。女主人公顾曼桢出生于上海一个普通的市民家庭,她的性格文静单纯、活泼纯洁,富有责任心,充满对生活的向往与热爱。这种性格在其出场的服饰中被凸显和强化:"却有一个少女朝外坐着,穿着件淡灰色的旧羊皮大衣。"[3]旧羊皮面料隐喻她底层生活的境遇,淡灰色的色彩体现其隐忍、倔强的性格。

---

① 张爱玲. 沉香屑·第一炉香 [M] // 金宏达,于青. 张爱玲文集(第 2 卷). 合肥:安徽文艺出版社,1992:4-5.

② 张爱玲. 沉香屑·第一炉香 [M] // 金宏达,于青. 张爱玲文集(第 2 卷). 合肥:安徽文艺出版社,1992:9-10.

③ 张爱玲. 半生缘 [M]. 北京:北京十月文艺出版社,2009:3.

蓝布罩袍已经洗得绒兜兜地泛了灰白，那颜色倒有一种温雅的感觉，像一种线装书的暗蓝色封面。[①]

……仍旧穿了件深蓝布旗袍，上面罩着一件淡绿的短袖绒线衫，胸前一排绿珠钮子。[②]

（见图 39）

顾曼桢的服饰传达出一种娴静淡雅的感觉。"蓝布衫"的质料是用阴丹士林染色形成的棉布，俗称"阴丹士林蓝"。这类布料色泽素净、面料质雅，衬托出她内心纯净、朴素温暖、低调平淡、含蓄从容的人格魅力。20 世纪 30 年代，"旗袍外穿西式外套、绒线衫、绒线背心、大衣等，旗袍外加西式长及臀下的绒线背心或对襟毛衣是春秋季的时髦穿法，尤以知识女性为多"。[③] 由此，顾曼桢"淡绿的短袖绒线衫"穿着既符合其知识女性的身份，同时彰显其端庄贤淑的旗帜和知性的人格魅力。这两处人物的服饰显然已经超越了装饰的实用价值，升级为符号性、隐喻性的象征作用。顾曼桢体现了中国传统女性的优秀品格。相比于顾曼桢素雅简洁的服饰，顾曼璐则追求时尚与艳丽的服饰风格。她的旗袍、披肩、地毯、窗帘甚至是拖鞋的色彩都十分艳丽。时髦艳丽的服饰隐喻衬托出顾曼璐人性中的贪婪和欲望，也显露其丑恶与冷酷，这也符合她陷害并囚禁顾曼桢的行为。当高世钧到祝鸿才家里打听顾曼桢消息时，张爱玲着意描写了顾曼璐的服饰：

她穿着一件黑色的长旗袍，袍叉里露出水钻镶边的黑绸长裤，踏在那藕灰丝绒大地毯上面，悄无声息地走过来。[④]

（见图 40）

---

① 张爱玲. 半生缘 ［M］. 北京：北京十月文艺出版社，2009：5-6.
② 张爱玲. 半生缘 ［M］. 北京：北京十月文艺出版社，2009：31.
③ 袁仄，胡月. 百年衣裳：20 世纪中国服装流变 ［M］. 北京：生活·读书·新知三联书店，2010：166.
④ 张爱玲. 半生缘 ［M］. 北京：北京十月文艺出版社，2009：227.

图 38 李晓彤 韩丹 绘

一个娇小个子的西装少妇跨出车来，一身黑，黑草帽檐上垂下绿色的面网，面网上扣着一个指甲大小的绿宝石蜘蛛……那面网足有两三码长，像围巾似的兜在肩上，飘飘拂拂。（出自小说《沉香屑·第一炉香》）

图 39　李佩桐　韩丹 绘

……仍旧穿了件深蓝布旗袍，上面罩着一件淡绿的短袖绒线衫，胸前一排绿珠钮子。（出自小说《半生缘》）

图 40　李佩桐　韩丹 绘

她穿着一件黑色的长旗袍，袍叉里露出水钻镶边的黑绸长裤，踏在那藕
灰丝绒大地毯上面，悄无声息地走过来。（出自小说《半生缘》）

"黑旗袍""水钻镶边的黑绸长裤"，本是当时的时尚潮流服饰，在此却成
为顾曼璐因一己之私亲手毁灭顾曼桢与高世钧情缘的象征，把顾曼桢推向命

运的深渊，凸显其丑陋邪恶的灵魂与自私冷酷的人性。

> 穿着件翠蓝竹布袍子，袍叉里微微露出里面的杏黄银花旗袍。她穿着这样一件蓝布罩袍来赴宴，大家看在眼里都觉得有些诧异。[①]
>
> （见图 41）

翠芝出身大户人家，婚前性格傲慢、好面子、城府较深、心机偏重。平常她矜持高贵，哪怕是学校里的蓝布制服也要比别人的颜色翠，但在一次宴会中却选择了一件极为朴素普通的布袍，引起了在场所有人的诧异。显然，她早已知道高世均在场，处于自尊和矜持有意谋划，以显示自己并不刻意和在意。当她回家之后，很快换了一双"簇新的藕色缎子夹金绣花鞋"。单独外出看电影时，"乌绒阔滚得豆绿软缎长旗袍，直垂到脚面上"，已然说明一切。精准的服饰描写将石翠芝善谋且富有心机的性格刻画得入木三分。苏青小说《结婚十年》中，寡妇表嫂的服饰将她隐藏于内心深处的性格表露出来。

> 她的脸孔扑得太白，嘴唇涂得太红，眉毛画得太浓，太细，太长，我觉得她一点儿都没有自然之美。但是我却不能不承认她的人工之美呀，窄窄的黑绸旗袍，配着大红里子，穿在她的苗条身子上面，我真想不出有什么"太"不好的字眼可批评；若是一定要批评的话，那只有说她是"太好看"了。[②]
>
> （见图 42）

---

① 张爱玲. 半生缘 [M]. 北京：北京十月文艺出版社，2009：53.
② 苏青. 结婚十年 [M]. 北京：中国妇女出版社，2015：23.

图 41　李佩桐　韩丹 绘

　　穿着件翠蓝竹布袍子，袍叉里微微露出里面的杏黄银花旗袍。她穿着这样一件蓝布罩袍来赴宴，大家看在眼里都觉得有些诧异。（出自小说《半生缘》）

图 42　李佳懿　李晓彤　韩丹 绘

　　她的脸孔扑得太白，嘴唇涂得太红，眉毛画得太浓，太细，太长……窄窄的黑绸旗袍，配着大红里子，穿在她的苗条身子上面。（出自小说《结婚十年》）

瑞仙的外表端庄严肃，实则热情奔放，仍不甘于寂寞。一黑一红的对照，视觉冲击之下，瑞仙的整体性格显露出来。此外，在《歧途佳人》中，符小眉对于服饰的虚荣，以及在与史亚伦交谈中无时无刻不讨论如何不劳而获；史亚伦本就堕落不吃苦，刚从监狱出来洗了个澡便又做回了纨绔子弟，二人投机的心理性格显露无遗。

施蛰存小说《雾》中的素贞性格保守，对于从上海来看望自己的表姐穿着流行的旗袍，她并不能接受，表示过于妖异；而且她对于婚姻有一个固执的信仰，希望自己的梦中情人能诗、能说体己的谐话，还能赏月饮酒，凡此种种皆说明其性格中规中矩。文中有一处细节生动体现了她这一性格：

> 她们穿着的旗袍，袖子短得几乎像一件背心了，袒露着大半支手臂，不觉得害羞吗？况且现在已是秋天，不觉得冷吗？她这样思想着，不禁抚摸着自己的长到手背的衣袖。①

现代市民小说中的人物服饰逐步点染，由静态升华为动态，从物象摹写转化为象征意象，将服饰与人物性格逐步勾勒出来，为人物的性格发展提供了基础。正所谓"由其服见其心，知其端而料其终"。②袭袭素朴或华丽的服饰，充当着真实世界的表意符号，衬托着人物的性格，演绎着人物的悲剧命运，成为海派市民小说的独特注脚。

三、逼真展示人物的命运轨迹

服饰是人身体的延伸，也是人的精神世界的外化。海派小说家往往有意识地以服饰的乱象表现人物的非正常状态，进而隐喻人物人生的基调或者命运走向。《金锁记》中的曹七巧和姜长安、《沉香屑·第一炉香》中的葛薇龙、《同学少年都不贱》中的赵珏和恩娟的命运变化均与服饰丝丝缠绕。张爱玲通

---

① 施蛰存. 雾［M］//中国现代文学馆. 施蛰存代表作. 北京：华夏出版社，1998：209.
② 贺玉庆. 张爱玲小说中"服饰"的叙事艺术［J］. 湘潭大学学报（哲学社会科学版），2013（4）：113-115.

过人物服饰奇妙、细致的描写，象征性地表现人物所处不同的命运阶段，展示其不同的生命历程。

（一）《金锁记》：曹七巧与姜长安

服饰在隐喻和展示曹七巧命运变化中起到了关键性作用。曹七巧的人生经历了四个时期：嫁入曹家之前、婚后、丧夫、暮年。每一个时期她的服饰都有相应的变化，除了匹配年龄之外，更重要的是展示人物命运的变化。

> 镯子里也只塞得进一条洋绉手帕。十八九岁做姑娘的时候，高高挽起了大镶大滚的蓝夏布衫袖，露出一双雪白的手腕，上街买菜去。[1]

（见图 43）

> 有时她也上街买菜，蓝夏布衫裤，镜面乌绫镶滚。[2]

十八九岁的年纪，"大镶大滚"的服饰款式，落落大方、娴静内敛，充盈着少女的健康朴素的感觉。此时的曹七巧内心纯净、无忧无虑、自由快乐，散发着青春活力以及独特的风韵气质。

> 那曹七巧且不坐下，一只手撑着门，一只手撑了腰，窄窄的袖口里垂下一条雪青洋绉手帕，身上穿着银红衫子，葱白线香滚，雪青闪蓝如意小脚裤子。[3]

好景不常在，曹七巧因为兄嫂贪财被卖入姜家，嫁给了患有骨痨的姜家少爷。她的命运从此被改写，由曹家卖油女成为姜家少奶奶。服饰也由简朴大方变得丰富绚丽、颜色丰富、各色杂融、花团锦簇、热闹非凡；款式多样，

---

[1]　张爱玲. 金锁记［M］//金宏达，于青. 张爱玲文集（第 2 卷）. 合肥：安徽文艺出版社，1992：124.

[2]　张爱玲. 金锁记［M］//金宏达，于青. 张爱玲文集（第 2 卷）. 合肥：安徽文艺出版社，1992：98.

[3]　张爱玲. 金锁记［M］//金宏达，于青. 张爱玲文集（第 2 卷）. 合肥：安徽文艺出版社，1992：89.

图 43　李佳懿　李晓彤　韩丹　绘

　　十八九岁做姑娘的时候，高高挽起了大镶大滚的蓝夏布衫袖，露出一双雪白的手腕，上街买菜去。（出自小说《金锁记》）

有窄窄的袖口、雪青洋绉手帕、银红衫子、葱白线镶滚、翡翠镯子等。华丽的装饰一方面显示出她此时张扬的俗气中带有自卑的性格，另一方面反衬出内心的苍白与落寞。少女时期的纯真、善良、活泼全部被收束在"窄窄的袖口""小脚裤子"内。生命的寂寞与苍凉融入大量的青色和白冷色之中，象征温暖和希望的银红只是偶尔出现。鲜活的色彩与阴暗荒凉的心理形成了强烈的对比，揭示出曹七巧命运的逆转。此外，《金锁记》中两个丫头在月夜关于服饰的对话，预示了姜家由盛转衰，也预示了曹七巧被践踏、侮辱、扭曲和毁灭的命运。

> 她家常穿着佛青实地纱袄子，特地系上一条玄色铁线纱裙；……七巧垂着头，肘弯撑在炉台上，手里擎着团扇，扇子上的杏黄穗子顺着她的额角拖下来。①
>
> （见图 44）

丧夫之后的曹七巧挣扎于爱欲和权利之间，内心扭曲充满矛盾，在周围的拒绝、嘲弄、冷漠间，她逐渐开始变得坚硬。"风凉针""实心小金坠子""发髻里一小截粉红丝线"，暗示人物凄凉悲惨的命运。同时，她也学会了如何处世，手中的团扇成了表达情感与人相处的工具。她用扇子打人调情，当拆穿了姜季泽的阴谋后，用团扇击打他，不得不亲手把最后一点对爱的渴望抛弃。她不甘心跌跌撞撞地跑去窗边目送姜季泽离开，实质是目送这点期待与渴望消散离去。佛青袄子和绸衫里自由的风绝妙地展现了七巧的精神崩溃，最后一丝幸福的期待也落空了，她彻底绝望了。

> 她摸索着腕上的翠玉镯子，徐徐将那镯子顺着骨瘦如柴的手臂往上推，一直推到腋下。②

---

① 张爱玲. 金锁记［M］//金宏达，于青. 张爱玲文集（第 2 卷）. 合肥：安徽文艺出版社，1992：101-103.

② 张爱玲. 金锁记［M］//金宏达，于青. 张爱玲文集（第 2 卷）. 合肥：安徽文艺出版社，1992：124.

图44　李佳懿　韩丹　绘

　　她家常穿着佛青实地纱袄子，特地系上一条玄色铁线纱裙；……七巧垂着头，肘弯撑在炉台上，手里擎着团扇，扇子上的杏黄穗子顺着她的额角拖下来。（出自小说《金锁记》）

　　三十年后，曹七巧已是暮年，青春不再，众叛亲离，骨瘦如柴，自己被金钱压得透不过气，唯有一颗孤独寂寞了一生的绝望的心。此时的曹七巧服饰颜色暗沉，款式怪异，气氛诡秘，令人心生恐惧。服饰华彩消失，犹如曹七巧人性、希望和爱的沉沦与丧失。张爱玲通过对曹七巧不同生命阶段的服饰铺陈，隐喻和揭示了曹七巧命运的起伏变化，及其对她性格和心理的影响。可以说，人物服饰的变化与曹七巧命运的起伏存在一种巧妙的对应关系。人物服饰的几经变化预言和见证了曹七巧的悲剧人生。姜长安是《金锁记》叙事的副线，她的服饰与其命运走向同样紧密相关。姜长安十三岁，曹七巧就给她缠足。"裹脚"既造成了姜长安身体的残疾，也严重影响了她的心理。之后小说中出现的"绣花鞋"伴随了长安一生的悲剧命运。

　　　　长安悄悄地走下楼来，玄色花绣鞋与白丝袜停留在日色昏黄的楼梯上。停了一会，又上去了。一级一级，走进没有光的所在。[①]

　　当世舫拜访到来时，七巧断绝了长安的希望，她的绣花鞋又出现了，这一次不再是半残疾的脚被限制了行动，而是旧式的绣花鞋、白丝袜再也走不出专制母亲的囚禁。她走到一半便绝望地走回黑暗里，由此曹七巧的女儿成了最悲惨的受害者。

　　　　长安换上了蓝爱国布的校服，不上半年，脸色也红润了，胳膊腿腕也粗了一圈。[②]

　　（见图 45）

---

　　①　张爱玲. 金锁记［M］// 金宏达，于青. 张爱玲文集（第 2 卷）. 合肥：安徽文艺出版社，1992：123.

　　②　张爱玲. 金锁记［M］// 金宏达，于青. 张爱玲文集（第 2 卷）. 合肥：安徽文艺出版社，1992：108.

图45　李佳懿　李晓彤　韩丹 绘

　　长安换上了蓝爱国布的校服，不上半年，脸色也红润了，胳膊腿腕也粗了一圈。（出
自小说《金锁记》）

少年长安被母亲曹七巧送进文明学堂穿了校服接触了新世界，她是阳光的、充满希望的。然而曹七巧却对她的感情横加阻挠，直至与世舫相亲。相亲前长安用心来装扮自己：玻璃翠宝塔坠子、苹果绿乔其纱旗袍、荷叶边袖子、半西式百褶裙都属于青春时期的象征。

> 有时在公园里遇着了雨，长安撑起了伞，世舫为她擎着。……一天的星到处跟着他们，在水珠银烂的车窗上……长安带了点星光下的乱梦回家来，人变得异常沉默了，时时微笑着。①

长安的生命被再度唤醒，相比于她母亲，她是幸福的。恋爱中的长安带着星光乱梦，恋爱中长安与世舫散步时的道具雨伞不单是雨伞，而成了她全部幻想和浪漫的庇护所，那时的她常常微笑着。长安最后送别自己的爱情时，她的服饰换成了藏青色，这是一种沉稳压抑的色系，与女子的年纪、身份都不称，图案淡黄浅黄的雏菊依旧是青春期最后一点颜色，不忍让人抹杀。她最初也是最后的爱用送别的方式珍藏了起来。

> 她的藏青长袖旗袍上有着浅黄的雏菊。……天井，树，曳着萧条的影子的两个人，没有话——不多的一点回忆，将来是要装在水晶瓶里双手捧着看的——她的最初也是最后的爱。②

服饰的变化映衬了姜长安每一次生命的起伏，赋予了这个人物以丰富性和立体感。这种隐含人物命运的服饰描写让张爱玲笔下的人物神秘、凄楚，具有鲜明的个性，而《金锁记》则是众多作品中最具代表性的一部。

（二）《沉香屑·第一炉香》：葛薇龙

张爱玲的小说《沉香屑·第一炉香》讲述了少女葛薇龙被诱良为娼的故事。小说开始便是葛薇龙出于读书求学的缘故，去找与自己父亲交恶的姑姑借钱。

---

① 张爱玲. 金锁记［M］∥金宏达，于青. 张爱玲文集（第2卷）. 合肥：安徽文艺出版社，1992：117.

② 张爱玲. 金锁记［M］∥金宏达，于青. 张爱玲文集（第2卷）. 合肥：安徽文艺出版社，1992：123.

> 她穿着南英中学的别致的制服，翠蓝竹布衫，长齐膝盖，下面是窄窄的裤脚管，还是满清末年的款式；把女学生打扮得像赛金花模样……然而薇龙和其他的女孩子一样的爱时髦，在竹布衫外面加上一件绒线背心，短背心底下，露出一大截衫子，越发觉得非驴非马。①
>
> （见图 46）

当时她的衣着恰到好处地描绘了她的处境，同时也隐喻了她爱慕虚荣、注重外表、浅薄轻浮、贪图享乐的性情，这也为她后续沦为娼妓做了铺垫。此处的人物服饰可以视为对其命运的一种预言。

> 家常的织锦袍子，纱的，绸的，软缎的，短外套，长外套，海滩上用的披风，睡衣，浴衣，夜礼服，喝鸡尾酒的下午服，在家见客穿的半正式的晚餐服，色色俱全。②

入住姑妈家之后，葛薇龙被姑妈的华美衣服震撼了，"膝盖一软，在床上坐下了，脸上一阵阵的发热"。面对"不可理喻的现实"，她没有选择离开，完全是虚荣心作祟。葛薇龙在衣橱内，混了两三个月，获得了穿着华服出席各种场合的机会，满足了自己的虚荣心。张爱玲表面写衣橱实写社交场。梁太太只是拿侄女当诱惑年轻人的幌子。衣服意味着出卖和交换，与长三堂子买进来的妓女无甚区别。葛薇龙也逐渐习惯了这种奢靡的生活。衣橱社交影响下，她遇到了乔琪。

> 薇龙那天穿着一件磁青薄绸旗袍，给他那双绿眼睛一看，她觉得她的手臂像热腾腾的牛奶似的，从青色的壶里倒了出来，管也管不住，整个的自己全泼出来了。③

---

① 张爱玲. 沉香屑·第一炉香［M］//金宏达，于青. 张爱玲文集（第 2 卷）. 合肥：安徽文艺出版社，1992：2.

② 张爱玲. 沉香屑·第一炉香［M］//金宏达，于青. 张爱玲文集（第 2 卷）. 合肥：安徽文艺出版社，1992：14.

③ 张爱玲. 沉香屑·第一炉香［M］//金宏达，于青. 张爱玲文集（第 2 卷）. 合肥：安徽文艺出版社，1992：22-23.

图 46 李晓彤 韩丹 绘

　　她穿着南英中学的别致的制服，翠蓝竹布衫，长齐膝盖，下面是窄窄的裤脚管，还是满清末年的款式；……在竹布衫外面加上一件绒线背心，短背心底下，露出一大截衫子，越发觉得非驴非马。（出自小说《沉香屑·第一炉香》）

"磁青薄绸旗袍"暗示了薇龙的心理防御。旗袍薄而脆弱，意指薇龙的脆弱自尊。她爱乔琪完全是因为乔琪可以抵御梁太太的魅力，让她在梁太太前失去的自尊找到暂时的平衡。殊不知乔琪更是一个魔鬼。乔琪占有了葛薇龙后又和丫头有染，发现真相的葛薇龙在浴室看见睨儿洗花花绿绿的手绢子，这些小饰品刺激了葛薇龙。她和丫头们又何尝不是一样，都是乔琪搜集的手帕，花花绿绿贴满一墙，都是他手里的玩物。葛薇龙责打丫头的事情败露后，决定要回上海的家。买船票回来时淋了雨，"薇龙一面走一面拧她的旗袍，绞干了，又和水里捞起的一般"①，暗示薇龙被拖下水了，想撇清干系也撇不清了。葛薇龙一时陷入了两难的处境。挣扎于乔琪和梁太太的陷阱，意志原本不坚定的她选择了屈从，甘心成为两个人的奴隶——她甘心为娼去挣钱，替梁太太弄人。她爱乔琪完全是因为乔琪不爱她。最终，司徒协的钻石手镯终于铐走了葛薇龙的自由。故事发展到尾声，葛薇龙、乔琪婚后去看烟花，薇龙的旗袍又是一个暗喻。"乔琪也顾不得鞋底有灰，两三脚把她的旗袍下摆的火踏灭了。那件品蓝闪小银寿字织锦缎的棉袍上已经烧了一个洞。"② 旗袍起火引火烧身就是葛薇龙的结局。

（三）《同学少年都不贱》：赵珏与恩娟

《同学少年都不贱》是一部带有自传性质的小说，主要讲述上海某教会女中四名女性的人生经历与成长历程，揭示人生无常的沧桑与悲凉。赵珏和恩娟的命运都被切分成三个阶段，前者是中学阶段、婚后、丈夫功成名就；后者是逃婚、大学阶段、前往美国。

> 短发上插一朵小白棉绒花，穿着新做的白辫子滚边灰色爱国布
> 夹袍，因为是虔诚的教徒，腰身做得相当松肥。③
>
> （见图 47）

① 张爱玲. 沉香屑·第一炉香 [M] // 金宏达，于青. 张爱玲文集（第 2 卷）. 合肥：安徽文艺出版社，1992：41.

② 张爱玲. 沉香屑·第一炉香 [M] // 金宏达，于青. 张爱玲文集（第 2 卷）. 合肥：安徽文艺出版社，1992：45.

③ 张爱玲. 同学少年都不贱 [M] // 张爱玲. 郁金香. 北京：北京十月文艺出版社，2006：420.

图 47　李佩桐　韩丹 绘

　　短发上插一朵小白棉绒花，穿着新做的白辫子滚边灰色爱国布夹袍。（出自
小说《同学少年都不贱》）

这时恩娟还是学生，而且母亲刚刚去世，所以衣着素白。第二阶段，恩娟成家并做了母亲，"脂粉不施，一件小花布旗袍，头发依旧没烫"，这样的装扮符合她母亲的身份和她的生活处境，白天工作，晚上回家照顾孩子，无暇打扮自己。第三阶段，恩娟丈夫事业功成名就，顺理成章她也成了内阁夫人，际遇变化反映在恩娟的服饰上：

> 穿着件艳绿的连衫裙……名牌服装就是这样，通体熨贴，毫不使人觉得这颜色四五十岁的人穿着是否太娇了。①

此时恩娟的着装颜色鲜艳、款式时髦，与其美国上流社会的阶层定位相匹配，也反映出她此时优渥的生活及其自在喜悦的精神状态。

小说中赵珏的命运起始于逃婚，因为逃婚躲在舅舅家。

> 穿着她小舅舅的西装衣袴，旧黑大衣，都太长，拖天扫地，又把订婚的时候烫的头发剪短了，表示决心，理发后又再自己动手剪去余鬈，短得近男式，不过脑后成锯齿形。②

年轻时身体的娇弱，逃婚时的窘迫以及内心决绝的形象跃然纸上。后来，赵珏上了大学，干上了跑单帮的生意，经济条件好转，服饰也跟着潮流了起来。

> 穿着最高的高跟鞋，二蓝软绸圆裙——整幅料子剪成大圆形，裙腰开在圆心上，圆周就是下摆，既伏帖又回旋有致。白绸衬衫是芭蕾舞袖，衬托出稚弱的身材。③

（见图 48）

---

① 张爱玲. 同学少年都不贱［M］// 张爱玲. 郁金香. 北京：北京十月文艺出版社，2006：436.
② 张爱玲. 同学少年都不贱［M］// 张爱玲. 郁金香. 北京：北京十月文艺出版社，2006：428-429.
③ 张爱玲. 同学少年都不贱［M］// 张爱玲. 郁金香. 北京：北京十月文艺出版社，2006：431.

图 48　李佩桐　韩丹 绘

穿着最高的高跟鞋，二蓝软绸圆裙——整幅料子剪成大圆形，裙腰开在圆心上，圆周就是下摆，既伏帖又回旋有致。白绸衬衫是芭蕾舞袖，衬托出稚弱的身材。（出自小说《同学少年都不贱》）

赵珏俨然一个摩登女郎，性格也显得奔放张扬，这得益于她成功的事业。当她去往美国之后，境遇急转直下，参加晚宴没有服装，只能自己动手制作。

> 她去买了几尺碧纱，对折了一折，糊乱缝上一道直线……长袍从一只肩膀上斜挂下来，自然而然通身都是希腊风的衣褶……又买了点大红尼龙小纺做衬裙，仿照马来纱笼，袒肩扎在胸背上……宽膊的霜毛炭灰灯笼袖大衣，她把钮子挪了挪，成为斜襟，腰身就小得多。①

这时曾经家境最好的赵珏已经落魄，反而要向曾经家境一般的恩娟求助，让她帮忙找工作。二人命运的变化形成了鲜明的对比，这一切的变化和对比在二人的服饰中一目了然。

半殖民地社会的中国，无论是曹七巧、姜长安，还是葛薇龙、赵珏、恩娟都难以收获圆满与幸福，女性的命运普遍是悲剧性的。海派市民小说家并没有尽全力刻画人物相貌，而是从人物服饰切入，揭示人物思想、性格、欲望和命运。面对小说人物，上海现代市民小说家仿佛服装设计师，专注于人物服装款式、质地和色彩设计，渗透出他们对世俗生命的执着摹写，展示了他们对现实人生的细腻感知。小说人物的服饰早已不止于客观存在，而是转化为意蕴深刻的象征隐喻。服饰的苍凉与华美映射的是现代市民小说家对市民阶层人生、人性的感悟，也是文学"服装史"的独特魅力。

---

① 张爱玲. 同学少年都不贱［M］∥张爱玲. 郁金香. 北京：北京十月文艺出版社，2006：444-445.

第三部分　浮现于服饰中的乡土与都市

从文化人类学视角看，海派的人文资源孵化出的价值观、人生观、审美观都不同于京派。海派的先锋性如穆时英等是用西化感觉捕捉中国的声音，是西为体中为用的；而京派的经典性是用中国神韵化用世界智慧，是中为体西为用的。在这样的文学观作用下，其所呈现的人物服饰明显不同。譬如，穆时英的《上海的狐步舞》描写的是都市某个角落的街道、舞场、商店等，都是中国的场景，但感觉上却是一个西方人的生活感受，三个黑绸衫如油画上的三个黑点，服饰只是人存在的一种视觉符号。这里的不同款式（中装、洋装、裙、褂、旗袍）、不同颜色（黑、白、灰、红、翠）、不同质地的面料（绸、皮革、麻纱），可以说是中西时尚生活的大杂烩，当时的上海经济非常繁荣，是国际大都会，服饰呈现的自由度可以说就是人的自由度，他们背后的生活精彩纷呈。海派作家用先锋性的写作探索走在了文学时尚的前列。消费文化滋生了消费心理，海派作家以文娱人需要吸引大众读者群，而报刊需要销量，相当于今天的流量明星，他们市民小说中的人物服饰自然也要营造出时尚的潮流感，否则读者不买账，生存就堪忧。京派作家认为，海派作家们在此基础上做了很多从"俗"的妥协，在一定程度上牺牲了作品的文学性。他们对生命哲学、诗学这些雅好来不及过多思考打磨，很多作家、报社不但要求他们的作品能够吸引读者，而且还要有充足的写作量的供应，如果一期卖完下一期接不上就会影响报刊销路。这种境遇下的作家类似文妓，忙着生存，哪里会注意过多对生命意义的挖掘、文学内涵的思考？所以作品出新猎奇的后面反映出的却是一种审美疲劳感。如《上海的狐步舞》中的女主角蓉珠是典型的在醉生梦死中挥霍享乐、物质化至上的女性，每天除了穿衣打扮追求时尚摩登，甚至还和继子暧昧乱伦。这些迷醉堕落的男女认为活着就是短暂的享乐，在光怪陆离的都市里是找不到精神皈依的。人物的服饰色系、质地，所用的都是刺激、奢靡的颜色面料，穆世英、刘呐鸥营造出的都市幻觉、都市审美，都是都市暴发户或者中产小开纨绔子弟所喜欢的风格。都市对田园，现代审美对古典审美，京派作家作品大都对传统的田园生活仍有深深的依恋或怀念，在作品中较多地写及呈现乡土田园生活及古典审美的风格和内容。京派作家在文化观及审美观上具有明显的传统意识和平民色彩，他们的创作追求平淡、古朴、纯真的人性，描绘清新、优美的自然风景。再加上，北京和上海客观上存在气候差异，上海常年不比北京那样寒冷，因此人们对服装面料、材质及工艺的选取也有较明显的差别。

一、人物服饰隐现不同的文学风格

相较于"新感觉派"的小说家们，处于北京的京派作家群由于大多是大学教授等，他们有稳定的收入来源，生活安逸，有大量的时间来从事创作及思考文学创作，地域生存所营造的文学氛围让京派小说家创作出了"雅"文化，这种文化更具有传统文人的精神传承。就如鲁迅所说："京派是官的帮闲，海派是商的帮忙。"鲁迅的这种认识，是从具有地域化特征的文坛风气和社会化本质来认识"京派"与"海派"的本来面目的。京派小说家从事创作并不是他们的主要职业，只是偶尔为之，他们大多靠官方机构的学校给予生存保障，有足够时间做学问，他们所表现出的更多的是生命、生存等严肃主题，可以说是文学中的学院派；而海派是借助上海商业文化而生存的，他们所谓的"闲适文化"是填补市民茶余饭后精神空白的插曲，可以说是文学中的洋场派。京派文化以周作人、废名、沈从文、朱光潜、李健吾等为代表，在京派小说家里沈从文是最具"京派"特色代表性的小说家。沈从文的"乡土文学"实际上是一种"原乡"精神的探索，是中国古代文人隐逸文化的延续，在此基础上吸收了西方文学的浪漫主义色彩，形成了一种特殊的"太阳神"精神。沈从文生于湘西，这里曾诞生过《楚辞》《离骚》等伟大的文学作品，其丰厚浓郁的文学氛围为养育出具有诗人气质的作家奠定了基础，湘西的自然乡土风物为沈从文的创作铺垫了良好的人文环境。在以沈从文、废名、凌淑华、林徽因、萧乾等为代表的"京派文学"作品中对于服饰的描写就没有海派那么精致或表现太多的意象，而是较为朴实、纯真。这种士大夫的贵族精神和他成长中的平民意识，使沈从文的作品有一股清雅高贵的品质。如其小说《边城》（1934 年）是一部田园诗般的杰作，妙龄的男女在青山绿水间含蓄、自然的感情流动，酿造着淳朴莹洁的人性和人际关系，这是《庄子》里所说的"见素抱朴，少私寡欲"的人文生态，正符合古人"天人合一"的境界。沈从文说过：

> 我要表现的本是一种"人生的形式"，一种"优美，健康，自然，而又不悖乎人性的人生形式"，我主意不在领导读者去桃源旅行，却想借重桃源上行七百里路酉水流域一个小城小市中几个愚夫俗子，被一件人事牵连在一处时，各人应有的一份哀乐，为人类"爱"字作一度恰如其分的说明。①

这种试图在顺乎自然的对待缺憾人生的姿态面前发掘出的圆满人性，正是被现代都市文明击碎灵魂的工业社会所缺失的人生理想，都市荒原里的生命绿洲。沈从文自称是"乡下人"，我们领悟到的是大陆式的原始生命的和谐，而在上海现代派作家的笔下，我们感受到的是沿海通商商埠地区人们精神的异化和裂变。根据中国地域文化性格特征而言，"京派"中坚作家所营造的是兼容北方文学的写实和南方文化的诗意风格，同时兼具西方文化的厚重；而上海现代派则撷取南方的灵巧机变同实用主义。一方是山水灵气；一方是性感肉色，是生命信仰和自我危机的矛盾。对于信仰危机和生命的无常，穆时英有着非常生动的描述：

> 我是在去年突然被扔在铁轨上，一面回顾着从后面赶上来的，一小时五十公里的急行列车，一面用不熟练的脚步奔逃着的，在生命的底线上游移着的旅人。二十三年来精神上的储蓄猛地崩坠了下来，失去了一切概念，一切信仰；一切标准，规律，价值全模糊了起来……②

可以说，海派作家的世界是彻底的现代人的世界，是现代人所具有的生

---

① 沈从文. 从文小说习作选·代序 [M]. 上海：上海良友图书印刷公司，1936：5-6.
② 穆时英. 白金的女体塑像 [M] // 穆时英. 中国新感觉派圣手：穆时英小说集. 北京：中国文联出版社，1995：273.

命危机感，畸变都市里的酒色财气他们都具备，而物质背后的空虚、疲惫也是难以摆脱的。不同于《边城》里的古朴人物和灵性的人和外部世界的和谐共生，穆时英的小说《夜总会里的五个人》表现手法充满了直觉、跳荡、倏忽的电影蒙太奇手法，各种镜头、场景的组接已经剥离了正常叙事的手法，对五个人的际遇做了时空错位的大胆组接，他们都集中在夜总会舞场里狂欢。如果说边城少女在真诚的忧虑中还怀着对"明天"的期待，而《夜总会里的五个人》里的女郎在都市卖笑却吞咽着对"明天"的绝望。沈从文《三三》里的少爷遥远、病弱、善良；而张爱玲《倾城之恋》里的范柳原风流倜傥、精明世故，穆时英《上海的狐步舞》里的刘小德嗜钱如命，颓靡堕落。京派、海派所营造的世界距离是如此遥远，京派的"乡村"是人的乌托邦心灵的归属，而海派的十里洋场却是人冒险、享乐、坠落、迷失的心灵荒漠。

　　海派是实用主义的。由于地域的差别，海派现代主义作家笔下的人物服饰打造与"北京"的严装华服、大家闺秀俨然不同。从这里可以看出，两个城市有着不同的文化趣味。京派笔下的女子还是"哀而不伤，乐而不淫"的古代仕女，比如凌淑华《花之寺》中的女性形象；而到了海派这里就是哀情致死的梨娘等，甚至到了现代派作家那里变作赤裸裸的欲望女郎、堕落女子。上海没有厚重的文化传统，仅有骤然爆发的繁华沿海都市，城市的迅速膨胀、大量中外移民的涌入，切断了人际之间宗法性、地缘性和血缘性的联系，人是孤独焦虑的。从东洋留学回来的刘呐鸥在《两个时间的不感症者》中这样描述跑马场上的"都市风景线"：

> 　　透亮的法国绸下，有弹力的肌肉好像跟着轻微运动一块儿颤动着。视线容易地接触了。小的樱桃儿一绽裂，微笑便从碧湖里射过来。H只觉眼睛有点不能从那被 opera bag 稍微遮着的、从灰黑色的袜子透出来的两只白膝头离开，但是另外一个强烈的意识却还占住他的脑里。①

　　人和服饰——"透亮的法国绸""灰黑色袜子""白膝头"一起变作都市

---

　　① 刘呐鸥.两个时间的不感症者［M］//王彬.中国现代小说、散文、诗歌名家名作原版库：简装书.北京：中国文联出版社，1998：43.

风景的残像存在着，似乎正如萨特所说"存在即是合理"。于是男主人公和这个萍水相逢的时髦女郎下舞场跳舞去了。海派部分作家追求新奇性、刺激性的商业风并将其当作文学的现代意识，性心理描写、弗洛伊德式的精神分析结合《金瓶梅》式的肉欲风，形成了海派独特的书写景观。然而这些都是形式上的外衣，有一种强力捏合的拼凑感。海派无论从文学空间的宽度和广度来讲恰似时空中的一个横断面，京派具备完整的文学脉络。正如鲁迅在《"京派"与"海派"》一文中，从地域文化的角度深刻剖析并指出：

> 北京是明清的帝都，上海乃各国之租界，帝都多官，租界多商，所以文人之在京者近官，没海者近商，近官者在使官得名，近商者在使商获利，而自己赖以糊口。要而言之，不过"京派"是官的帮闲，"海派"则是商的帮忙而已……而官之鄙商，固亦中国旧习，就更使"海派"在"京派"的眼中跌落了。①

新文化运动后的京派，已摆脱了晚清时期京师诗文的高雅性和贵族性，而是开放的平民文学。由于地域文化的潜在作用，它选择中外文化的角度和层面与海派大相径庭，其选择的重点不是外来文学流派的先锋性，而是某种超越时代的"精美"或"精华"部分，他们是艺术世界口味讲究的"美食家"。他们的先驱者早就提出了文艺"既是平民的，又是贵族的"命题，认为：

> 贵族的与平民的精神，都是人的表现，不能指定谁是谁非，正如规律的普遍的古典精神与自由的特殊的传奇精神，虽似相反而实并存没有消灭的时候。②
>
> 我想文艺当以平民的精神为基调，再加以贵族的洗礼，这才能够造成真正的人的文学。③

---

① 栾廷石."京派"与"海派"［M］//鲁迅.鲁迅全集（第五卷）.北京：人民文学出版社，1981：432.

② 周作人.贵族的与平民的［M］//周作人.自己的园地.北京：北新书局，1930：13.

③ 周作人.贵族的与平民的［M］//周作人.自己的园地.北京：北新书局，1930：16.

这种贵族与平民的双重审美品格的结合点就是学院派，其所追求的是清雅的、高贵的文学风格。

二、人物服饰扬展各自的审美理论

京派文学有足够的理论架构，由周作人（"重史"）、朱光潜（"重论"）共同架起京派文学纵横的双轴，可见他们理论的系统性和深厚程度，对京派文学的方向和拓宽文学视野都起到了非常大的作用。周作人主张"人的文学"，他的文学彰显个性和地方特色，疏离政治，把文学趣味转向神话和民俗学，这对京派都起到了引导作用。朱光潜有着深厚的西方美学和文艺理论的学养，他所主张的审美直觉、移情说和距离说都在审美心理学上为京派铺设了理论基础。朱光潜推崇"审美距离说"和"文风的静穆境界"，让京派疏离了政治旋涡；周作人在他的苦雨斋里研究古希腊神话和民俗学；沈从文回归湘西边地，在民俗的世界里创作出了自然冲淡的诗化小说。他们以双视角的眼光投向文学世界汲取西方理论，又不忘中国趣味从诗神阿波罗谈到观音大士，从古希腊谈到陶渊明。这些同海派作家在中国传统意味与紧追弗洛伊德和日本新感觉派的交合审美迥异。京派作家在陶渊明到晚唐李商隐再到晚明"公安派"那里建立了自己的文学精神系统，同时又自然兼容了古希腊神话、英国的莎士比亚、托马斯·哈代、凯瑟琳·曼斯菲尔德等，在宽容从容中寻找切合自己个性的精华，追求文学内在的质量。而在文化选择的态度上，海派是追随西方艺术的先锋，趣味上的形式主义与西方文化的内涵并不完全一致。比如京派开"田园风"小说的作家废名就说过："我最后躲起来写小说很像古代陶潜、李商隐写诗，我写小说同唐人写绝句一样，篇幅虽然长实是用写绝句的手法写的，不肯浪费语言。"

用古典文学的高雅趣味对西方文学的开放意识进行淳化处理，这就是京派学院文学的品格，相较于海派是有极大区别的。当废名、沈从文心平气和地带领读者体味人类童年时代自然人性溯长江、渡沅水的时候，刘呐鸥、穆世英、施蛰存是把我们推向了特快带领读者窥视人类更年期的病态人性。这两派作家的文化心理总是南辕北辙。上海旧的价值系统崩溃，新的价值系统还没有建立起来，都市所产生的社会行为示范和心理紊乱症是过渡时期的精神特征。上海现代派作家在畸形环境里书写着现代都市文明颠倒复杂的人欲和兽欲。在原始生命中见到神性是京派作家的哲学观，而现代生命中窥见"破体"是上海先锋作家的人生姿态。刘呐鸥在《都市风景线》中对灯红酒绿中飘荡无依的颓废，性感挑逗的肉色里沉沦的精神危机是这样看的：

> 看了那男孩式的断发和那欧化的痕迹显明的短裙的衣衫，谁也知道她是近代都会的所产，然而她那个理智的直线的鼻子和那对敏活而不容易受惊的眼睛却就是都会里也是不易找到的。①

都市女郎对陌生男子的挑逗谈风，这样的花瓶式的办事员，摩登、大胆、浪漫，她的行为意识里是赤裸裸的野蛮人的兽欲，与摩登的现代人的欲望找到了文化的契合点。

> 若不是尊重了你这绅士，我早已把自然的美衣穿起来了。你快也把那机械般的衣服脱下来吧。②

可以说，现代海派作家是通过人物服饰的各种样态批判都市文明的不健全的，物质文明下空虚的人们试图在野蛮人的世界里找到"真实的感情"，男女都赤裸裸地互相消费陌生人的肉体。人际感情可以作为商品流通，畸形都市的快节奏、物质的诱惑肢解了人性的完整性，情欲被置于理性之上，片刻刺激下无情地撕下了社会伦理的薄纱。东方女性的贤良淑德荡然无存，灵魂在东西文化的反差下痛苦，也在暂时欲望的快乐里消解，营造出光怪陆离的都市风景。刘呐鸥在另一篇小说中写道："都市人的魔欲是跟街灯一样开花的。"刘呐鸥不同于郁达夫的愤世嫉俗、放浪形骸，刘呐鸥是认同畸形都市里的花天酒地、声色犬马的生存状态的，是一种"今朝有酒今朝醉""歌尽桃花扇底风"的享乐主义以及沉浮中揣摩世事的实用主义处世哲学。

与京派不问世事的隐士风度不同，除了刘呐鸥、穆时英的现代主义，施蛰存的心理探索小说在海派作家里要走得远一些，他的都市心理剖析不同于

---

① 刘呐鸥. 风景［M］//王彬. 中国现代小说、散文、诗歌名家名作原版库：简装书. 北京：中国文联出版社，1998：10.

② 刘呐鸥. 风景［M］//王彬. 中国现代小说、散文、诗歌名家名作原版库：简装书. 北京：中国文联出版社，1998：14.

刘呐鸥浮在意识的表面，《巴黎大戏院》里男主人公对戏院里结识的摩登女郎手帕的性幻想，都市市民服饰在初入都市文明的中西文化习惯夹缝中焦虑与彷徨着，抑郁多思变态。可以说"手帕"这一才子佳人式的密物情节，到了现代派这里已经没有了美感。《红楼梦》里小红传帕子给贾云，林黛玉题帕诗等古典文学的矜持美好都荡然无存了，更多都市人变异了的心理妄想。施蛰存的都市是给人梦魇的都市，"巴黎大戏院"、穆时英的"皇后夜总会"、刘呐鸥的"租界跑马场"都是撕裂现代人灵魂的地方，不完整、破碎感伴随着光怪陆离的市声，已经在吞噬不能自我调节的近于崩溃边缘的心灵。田园乡村无法治愈都市病，《夜叉》里的"白衣妖女"如影随形伴随着男主人公的臆想直至精神崩溃。这颇具聊斋风的邂逅并没有唐伯虎、倪云林书画里走出的书生相恋的浪漫美妙，而是男主角自己的精神恐怖癔症。"白衣"已经不是一个飘飘欲仙的恋爱偶像，而是如鬼魅般的都市幽灵。这样的都市病不是一趟乡村之行，唐伯虎、倪云林的古画"田园"可以得到及救赎的，只能走向入魔和崩溃的境地。

相反，京派的作家大多善用人心、人事酝酿心的美酒，即使苦涩的题材仍旧是优美抒情地经过人心发酵得以升华。在际遇里悲悯人生、在世事沉浮里哀而不伤。女作家凌淑华的小说《中秋月》表现得尤为深刻。开端是凉风起于青萍之末的轻描淡写，经过四个中秋，人物的悲剧命运急转直下，但人物能把自身的悲剧归为"天意""命中注定的受罪，修修福等来世"的天人关系上，明月见证了一个家庭的衰微，凄清冷穆中自由"明月自来还自去""共看明月应垂泪"的豁达，在这种无声的悲情和世事荣衰中去体会人生的命运。这样的无痕处理尤为诗化和抒情。学者杨义认为：京派人生抒情诗小说的表现手法，是由中国古典诗词的"境界说"和西方审美心理学的"移情说"共同筑构成的。把人生的悲剧色彩渗入到抒情歌调里，京派作家充满诗意的文学描写不同程度地做到了朱光潜"移情说"中的"将死物生命化""无情事物有情化"。《孟实文抄·诗人的孤寂》中说："诗人能窥透幸福者和不幸者的心曲，他与全人类和大自然的脉搏一齐起伏震颤。"这种移情和意境的共筑结构，使京派小说家的抒情文风更加细腻、洒脱、灵动至深。

李健吾认为："沈从文先生是热情的，然而他不说教；是抒情的，然而更是诗的"①；"他知道怎样调理他需要的分量，他能把丑恶的材料提炼成为一篇无瑕的玉石。他有美的感觉，可以从乱石堆中发现可能的美丽，这也就是为什么，他的小说具有一种特殊的空气，现今中国任何作家所缺乏的一种舒适的呼吸"。沈从文对"水"的信仰与南方楚地水文化习俗相通，《山海经·中山经》记载"洞庭之山，帝之二女居之"，这就是楚地的湘水女神"湘君""湘夫人"，南方少数民族同样有水神信仰，沈从文的水文化既受《庄子》《九歌》《天问》等楚地文化的影响，同样带有少数民族南方农耕社会的祭祀、祈求丰收的民俗风气的印记。在小说《三三》中，"吃米同青菜小鱼过日子"的三三母女俩生活悠闲自足，绿是田园牧歌式的幽篁色彩，磨坊外屋墙上爬满青藤，疏疏的树林里，常常有三三葱绿的衣裳飘忽。三三是全堡的美人，但她的美不是挑逗性的，虽然全堡的人都愿意三三长大后给他们家做媳妇，但没人会对纯洁的三三做非分之想或者动猥亵的念头。衣的"绿"也是淳朴民风的外化意象，衣的绿和外来青年的闯入，连带其身边"穿白袍戴白帽装扮古怪的女人（女看护）"，这样的绿和白对比，清楚地将外部世界的介入置于乡土和谐生活的矛盾中，绿是生机，白是死亡、病态。的确，沈从文是很善于把握分量的，青年向三三母亲问过生日后就没有了下文，青年随着迁移病死都没有再打扰过三三，并不是一个冲喜强娶的悲剧，而三三在知道青年病死后站在溪边，望着一泓碧流（又是绿）心里好像掉了什么东西。母亲喊她的名字，她说："娘，我在看虾米呢。"三三就像石头碾坊清澈的溪水，被作家潭水一样的笔触带入到古风边地。

> 在雨里打灯笼走夜路，三三不能常常得到这个机会，却常常梦到一人那么拿着小小红纸灯笼，在溪旁走着，好像只有鱼知道这回事。

对个人幸福的憧憬、天真无邪的想象，显然也不是外向热烈的，而是含蓄的、梦一般的牧歌，绿的世界里一点红色的快乐喜气自然而然，人和人之间的友善美好如黑暗中的灯笼光温暖却不刺眼，这种稚拙的美如深潭溪水般

---

① ②李健吾.《边城》：沈从文先生作［M］//黄修己，胡传吉.中国现代文学研究读本.广州：中山大学出版社，2017：63.

幽邃明净。而乡下人的城市梦是非常简单的："一座极大的石头垒就的城，这城里就有许多好房子，每一栋好房子里面住着一个老爷和一群少爷，每一个家里都有许多成天穿了花绸衣服的女人，装扮的同新娘子一样。"他们对城市人的印象就是老爷、少爷、女人、房子，花绸衣服、装扮得像新娘子就是城里人的服饰的代表符号，再简单没有的意象，城市于他们的世界还是童话中的，并不像刘姥姥式的攀权附贵渴望赏赐，城市于他们如海市蜃楼，想象中的城市并不和现实生活发生关系，总能以恬淡的心情自处、自足。沈从文等京派作家的超然物外的审美心境如古井中的泉水那么清冽、真纯。

同样是白色，在"京派"沈从文的小说《神巫之爱》里有一位"白衣女子"的意象，这部中篇里白色让性爱在原始宗教仪式中披上了一层神性的光彩。宗教的性崇拜神秘、野蛮，宗教把人欲和神性推到神圣的祭坛，年轻貌美的五十个女子供给神巫选择一人，等待神巫把神的恩惠带给全村，女子们载歌载舞。然而神巫在仪式结束时被一个赤足披发的白衣少女吸引，不发一言，神秘一瞥而去。神巫目眩神摇向仆从表示愿做人的仆人，不再做神的仆人了。神巫再次邂逅白衣如雪的女子却是族长的妻子，而他却失去触摸这女子衣裙的气概了。仆人们打听清楚那夜祈福的是白衣女子的妹妹，她一样的是哑女，神巫翻窗到妹妹住的碉楼，掀开蚊帐，里面却熟睡着姐妹俩，神巫怀疑今夜的事像一场梦。这里的白色中注入鄙陋的纯洁，一双白衣哑女的交替出现如梦如幻，扑朔迷离，带有中古传奇色彩和楚文化的浪漫主义气息，将原始的人性升华为圣洁的仙葩，白衣的意象像屈原的《九歌》中所描述的意境那样——神秘中带有神圣的纯洁。沈从文上承《九歌》遗风，与他风格接近的废名则是承袭了陶渊明诗的意趣。废名的《桥》中"送路灯"的习俗，某家死了人，亲友一人裹一条白头巾——穿"孝衣"点着灯笼排成队伍走，走到你那一村的庙，烧了香，回头喝酒而散，白色的衣饰在镜头画面中点状游走，朴实无华，不动声色，犹如一幅味道十足的民俗诗画。废名说："英国的哈代、艾略特，尤其莎士比亚，都是我的老师，我从外国文学学会了写小说，我爱美丽的祖国语言。"周作人在为《桥》《枣》作序中说："我觉得废名君的著作在中国现代小说界有独特的价值者，其第一的原因是文章之美"，"民国新文学差不多既是明末公安派的复兴"，"现代的文学悉本于诗言志的主张，所谓信腕信口皆成律度的标准原是一样，但庸熟之极不能不趋于变，简洁生辣的文章之兴起，正是当然的事，新文学而公安之后继以竟陵，废名正是循着这个'无所逃于天壤之间'的方向"。京派作家对原始民俗和文人的隐逸情结是认同的姿态，对外来审美也是用开放的心态容纳，古朴不陈腐，新鲜又不失本色。

概而言之，京派的审美理想和文学理论建构在人类健全的童年，讲究和谐自然，言必称希腊，是学院派。上海现代派的理论文字言必称法、日，他们的审美理想倾向于摩登，仿佛巴黎每季的时装秀，美轮美奂。海派的杜衡经过十年的理智和情感冲突，才在古文和郁达夫的《沉沦》以及易卜生的戏剧中突围出来，在30年代以上海现代派理论家自居了。杜衡为海派的中坚诗人，其在为戴望舒的《望舒草》作序时曾说过：

> 在年轻的时候谁都是诗人，那时朋友们做这种尝试的，也不单是望舒一个，还有蛰存，还有我自己。那时候，我们差不多把诗当作另外一种人生，一种不敢轻易公开于世俗的人生。……一个人在梦里泄漏自己底潜意识，在诗作里泄漏隐秘的灵魂，然而也只是像梦一般地朦胧的。从这种情境，我们体味到诗是一种吞吞吐吐的东西，术语地来说，它底动机是在于表现自己与隐藏自己之间。①

这段话完全可以代表海派在全盛时期的审美理论，要求文学作品发掘隐秘的灵魂、梦一般的潜意识，可以说艺术的理想人生梦幻就是施蛰存等人探索心理小说的动机。比如，戴望舒等人留法期间大量接触了现代主义艺术思潮，包括立体主义、达达主义、超现实主义和后期印象主义，大量地翻译了法国后象征派诗人古尔蒙、福尔、亚默以及如诗人雷佛尔第、许拜维埃尔等人的作品。"像生活一样，像大自然的种种形态一样……迷人的诗境"，"绝端的微妙——心灵的微妙与感觉微妙"，譬如达达主义的"为了把脚践踏在夜的心坎上""我是一个落在缀量的网中人"，这些和海派现代作家都有高度的心灵默契。可以说上海现代派真正趋向于西方现代主义，比较典型的就是20世纪20年代刘呐鸥介绍的日本新感觉派的作品，刘呐鸥和20世纪30年代介绍

---

① 杜衡. 望舒草·序 [M] //梁仁. 戴望舒诗全编. 杭州：浙江文艺出版社，1980：50.

法国现代主义的戴望舒一起构成了海派现代主义的主干基石。施蛰存和穆世英、杜衡一起利用上海和国外的交通便利及欧风美雨，以他们为先锋发展出了一个新的文学分支——洋场都市文学。他们和以茅盾为代表的"左翼"都市文学，老舍为代表的北平都市文学一样，极具当时的地域文化特点。

洋场都市文学所容纳的东西非常庞杂、广泛，甚至是支离破碎的。除了戴望舒的象征派诗，施蛰存大量接触到上海的外文书刊介绍弗洛伊德的学说，并翻译了很多类似的心理小说，如《多情的寡妇》《薄命的戴丽莎》等作品。刘呐鸥从日本的恒光利一、川端康成等人的文学主张中非常认真地把瞬间的感觉当作信仰，追求新奇有趣的形式和技巧的试验，偏颇追求形式的先锋性。鲁迅将他称为技巧邪辟，所谓"五音令人耳聋，五色令人目盲"，过多的文艺流派主张让他们笔下的洋场生活更加纷乱无序，一味地反传统让读者容易产生审美疲劳。刘呐鸥甚至推崇弗里采的《艺术社会学》，对于描写大都市的情色生活情有独钟，在他那里这种形而上的追求和形而下的生活并没有矛盾之处，用日本文艺界的主张来说，"新兴""尖端"都是艺术创新的一种手段。

如果说上海现代派的理论是对西方现代主义思潮的融汇，那么"京派"的文艺理论就是对中外古今的文学观念从容不迫地融合并蓄。较之"海派"作家的先锋，京派作家的周作人、朱光潜、李健吾等人更具有学者气质，他们对中外文学的深厚素养，以及探源溯本，不局限于一家一派，视角更为广博，以渊博的学识浸润炼化出的审美理想更为精粹。京派文学家缔造出了两个梦境般的理想乌托邦：一个是人化性灵的梦，一个是田园隐逸的梦。京派作家的作品如凌淑华的《中秋月》、沈从文的《三三》中，有"天光云影共徘徊"的心境。梁宗岱把晋代陶渊明的《归去来辞》《桃花源记》等十多首诗翻译成法文介绍给罗曼·罗兰，"你翻译的陶潜诗让我神往，不独由于你稀有的法文知识，并且由于这些歌的单纯动人的美，他们的声调对于一个法国人是那么的熟悉！从我们古老的地上升起来的气味是同样的。"梁宗岱令人诧异地沟通了东方隐逸诗人和法国理想的现实主义作家、后期印象派作家的心灵。瓦雷里曾对梁宗岱讲解过自己的《水仙辞》的意境，与陶诗的意境不谋而合。京派作家笔下陶渊明式的性灵澄静之梦到了另一位京派理论家朱光潜手里，就变成了古希腊诗神亚波罗式的静谧之梦了。如果把陶渊明的"观音大士的低眉默想"及诗神"亚波罗眉宇间的梦"都当作京派作家超逸人群功利的淡然心态的话，的确是不能超脱于鲁迅所说的那个黑暗时代。

三、人物服饰承载作家个体精神智慧

除了地域特征下最具代表性的"京派"和"海派"的对比，在广义上的上海、北平为文化背景的地区仍有一些独具个性的作家。比如上海的世情章回小说作家张恨水，他的书写受上海文化氛围的影响且成长于上海都市的；成名于北京的作家，他所写的题材有南北结合的乱世众生相，为读者提供了广阔的社会画卷。但主旨除了不甚明显的社会控诉矛盾外，对于言情的传统是再发展的，在个人的悲欢离合命运悲剧下是民国时期的衣冠百态。而张恨水的服饰描写真实地反映了那个时代的人们带有地方风格的服装变迁；40年代巅峰时期的作家张爱玲相较之于她之前海派作家的先锋性、实验性，做了不同程度的风格探索，迈出了一大步。她是集海派众家之长又有自己自成体系语言的作家，她文章中的服饰描写反映了上海本地的服饰特色，既有时代的流变，又有孤岛时期人们精神意象化的服饰语言。如她在《色·戒》中写道：

> 左右首两个太太穿着黑呢斗篷，翻领下露出一根沉重的金链条，双行横牵过去扣住领口。战时上海因为与外界隔绝，兴出一些本地的时装。沦陷区金子畸形的贵，这么粗的金锁链价值不赀，用来代替大衣纽扣，不村不俗，又可以穿在外面招摇过市，因此成为汪政府官太太的制服。也许还是受重庆的影响，觉得黑大氅最庄严大方。[①]

（见图 49）

---

① 张爱玲. 色·戒 [M] // 金宏达，于青. 张爱玲文集（第 1 卷）. 合肥：安徽文艺出版社，1992：248.

图 49　张萌　韩丹　绘

　　左右首两个太太穿着黑呢斗篷，翻领下露出一根沉重的金链条，双行横牵过去扣住领
口。（出自小说《色·戒》）

　　这一时期的人物服饰带有上海"孤岛时期"的特征，文中说得很明白，金子出奇得贵，官太太把金链子、黑斗篷都当成了标配。沦陷时期的本地时装风格不村不俗。这时期的服饰上由于地域的封闭明显打上了政治的烙印，这就是明显的受政治影响下的服饰。值得一提的是，"激流三部曲"所书写的服饰特色虽然在一定程度上具有"海派"特色，但作为"左翼"作家来讲，巴金并不像海派作家一样着重表达情爱范围的题材，而是通过审视整个家庭伦理背景来试图对社会结构进行探讨。这个是同海派的文学观不同的。

　　此外，相比于北京地区"京派"外缘的作家老舍，他有着深厚的中西文化背景，他的京味文学渗透着对北京本土文化习俗的韵味，但同京派的大文学观深入的美学思考也不同，他的视角定位在平民百姓间，如其在小说《四世同堂》中对冠先生、冠太太、招娣、韵梅这些社会各阶层的人士进行了更多现实主义的思考，没有把视线像沈从文、废名这一类作家一样做美学、人文学的探索。他笔下的人物服饰功能跟海派作家的部分文学引导功能是一样的，都是烘托人物性格和命运的发展，更深入地通过人物服饰展现了时代特征，但京韵的人物服饰风格在现代市民小说中是非常突出的，如：

　　　　冠先生每天必定刮脸……他的衣服，无论是中服还是西装，都尽可能的用最好的料子；即使料子不顶好，也要做得最时样最合适。……匀称的五官四肢，加上美妙的身段，和最款式的服装，他颇像一个华丽光滑的玻璃珠儿。①

　　　　冠太太是个大个子，已经快五十岁了还专爱穿大红衣服，所以外号叫作大赤包儿。……她比她的丈夫的气派更大，一举一动都颇像西太后。②

　　　　她现在穿着件很短的白绸袍，很短很宽，没有领子。她的白脖颈全露在外面，小下巴向上翘着；仿佛一个仙女往天上看有什么动静呢。……大槐的绿色又折到她的白绸袍上，给袍子轻染上一点灰暗，像用铅笔轻轻擦上的阴影。这点阴影并没能遮住绸子的光泽，于是，光与影的混合使袍子老像微微的颤动，毛毛茸茸的像蜻蜓的翅翼在空中轻颤。③

　　（见图50）

---

①　老舍著，高荣生绘. 四世同堂（上）高荣生插图本［M］. 北京：人民文学出版社，2012：16.
②　老舍著，高荣生绘. 四世同堂（上）高荣生插图本［M］. 北京：人民文学出版社，2012：17.
③　老舍著，高荣生绘. 四世同堂（上）高荣生插图本［M］. 北京：人民文学出版社，2012：41.

图 50　张萌　韩丹　绘

　　她现在穿着件很短的白绸袍，很短很宽，没有领子。她的白脖颈全露在外面，小下巴向上翘着。（出自小说《四世同堂》）

　　京派女作家小说中多体现"才女式"的优越地位和心理，通过对人物服饰揭示及鞭挞社会问题，展现当时人们的精神状态，她们对生活的思考似乎总是在闺阁中的扭捏抗争，如凌叔华的《绣枕》是一直站在局外的、旁观者的角度为大家讲述那样一个关于绣枕过程的故事，感情表达在隐喻之中、在情节对比讽刺强化之中。

　　人们常说没有梦想是最可怕、最可悲的。一丝一线绣着绣枕的大小姐梦想着自己即将迎来一段佳缘，走入良人相伴的美满婚姻。然而手巧与不巧，女红好与不好，花心血与不花心血，贤良淑德、聪慧温婉或粗笨无知并不打紧，大小姐等闺阁待嫁女性的命运都是一样的，自己做不了主，连争取都是徒劳的。梦想经过努力可能达成亦可能达不成，但无论成功与否并不可怕、不可悲、不可怜，最可怕、可悲、可怜的是不允许有梦想，梦想和努力不但被视而不见，还被嘲讽、被玩弄、被践踏，失去梦想及为梦想努力的权利和自由。

　　刺绣的枕套枕皮也符合人物服饰的文化意涵，整部小说以绣枕为题，以绣枕为纲，表现主题，构思作品。此时伴随人物的绣枕，是符号化、意象化、文学功能化的表达。小说通过王妈及其女儿的言语和状态表述出天气的燥热难耐，但是大小姐正是稳坐在这样的天气下手拿绣花针，一针一针、噗噗地将丝线穿入缎子。穿针引线正是希望与美好爱情的联结，大小姐心里是竭尽所能想穿上与如意郎君的那条"红线"。饰品绣枕是主题、是关键词、是小说的线索，对于绣枕的描写直接创作与构思了作品的结构。绣枕的命运即大小姐及众多同时代女性的命运，而这不幸的命运，最终也只能"摇了摇头算答复了"。小说中有一处人物服饰，大小姐"夜里也曾梦到她从来未经历过的娇羞傲气，穿戴着此生未有过的衣饰，许多小姑娘追她看，很羡慕她，许多女伴面上显出嫉妒颜色"，"那种是幻境，不久她也懂得。所以她永远不愿再想起它来缭乱心思"。这梦中的服饰穿戴虽没有过多描写，但只"此生未有过"几个字便已显示出极高的文学价值：第一层含义，连大小姐都此生未有过的衣饰，可见此衣饰无论设计、款式、花色、图案、面料一定都是上上等的，要不然也不会许多小姑娘追着她、看她、羡慕她、妒忌她。第二层含义，这一定是恋爱、嫁娶的衣饰，而且这恋爱是自己向往的，正是自己渴望得到的、满意的。第三层含义，这是所有女性都希望拥有的衣饰，是集体对甜美爱情、对美好婚姻的梦想。第四层含义，文学意蕴再进一层，女性集体梦想的落空，因为"此生未有过"，终究是幻境，前一批女性不曾有，现在眼瞅长成的这一批女性也不可能有，一批又一批，也许只能等待来生。

京派男作家刘庆邦的《鞋》与凌叔华的《绣枕》有异曲同工之感，又有独具的妙处。通过写鞋，交代出"那个人"的形象，个子不高，脚可是挺大的；又与脚大走四方的说法联系上，铺垫出果真最后"那个人"离开村子走了，婚约也随之不作数了。两部作品中都有主人公的遐想，这也是分别围绕鞋和绣枕的前后描写刻画出大小姐的矜持、克制、内敛和守明的质朴、纯真性格。鞋与绣枕的一针一线引发读者兴趣，为小说设置悬念，读者很想知道这鞋与绣枕制作完工是什么样子的，送出去之后又是什么情况。通过所有关于"鞋"的描写，既交代出主要人物形象，创设故事背景，奠定文章感情基调，又概括了小说主要事件，渲染环境氛围，服饰描写贯穿全文，作者在对人物服饰叙事中表明了自己的观点态度，通过写鞋明确寄托自己同情、怜惜女子命运的情感。

"左翼"作家蒋光慈将"短裤"作为象征物，将人物服饰的描写达到了更高文学意蕴，提升其文学功能。在小说《短裤党》中，作者自己有一段写在本书前面的话：

> 法国大革命时，有一群极"左"的，同时也就是最穷的革命党人，名为"短裤党"（Des Sans-culottes）。本书是描写上海穷革命党人的生活的……借用这"短裤党"三个字。①

题目中用"短裤"是对于故事人物身份、社会地位具有指向化意义的概括，穿着短裤的人是"上海无数万的劳苦群众"。②再进一步分析，"短裤"带有象征寓意，因为穷人穿不暖，所以是不能抵御饥寒，又必须方便劳作的"短裤"，并不是真的穿着短裤。见文中史兆炎等革命者们的形象：

---

① 蒋光赤（慈）. 短裤党［M］// 蒋光赤（慈）. 蒋光赤选集. 第 2 版. 北京：人民文学出版社. 1960：189.

② 蒋光赤（慈）. 短裤党［M］// 蒋光赤（慈）. 蒋光赤选集. 第 2 版. 北京：人民文学出版社. 1960：192.

　　人数是到齐了……一个胡子小老头站起来了——他身着学生装，披一件旧大氅。①

　　他头戴带着鸭嘴的便帽，身穿着一件蓝布的棉袍……②

　　故事中通过人物服饰将各色人物形象鲜明区分开来，譬如"工贼小滑头"的形象和被革命者、上海防守司令部大刀队队长的形象分别是：

　　穿着包打听的装束——戴着红顶的瓜皮帽，披着大氅……③

　　坐汽车的人一个是身穿狐皮袍子……一个是……身穿着便服军装的军官。④

　　可见"短裤"是一种具有特别意义的象征性服饰，不太文雅的比喻就如同"光脚不怕穿鞋的"。小说以"短裤"为题揭示主旨、深化主题、引发思考，即只有穿短裤的人才能将革命进行到底，具有革命彻底性，预示着故事将会以革命的胜利为结局。

---

　　① 蒋光赤（慈）. 短裤党［M］//蒋光赤（慈）. 蒋光赤选集. 第 2 版. 北京：人民文学出版社. 1960：193.

　　② 蒋光赤（慈）. 短裤党［M］//蒋光赤（慈）. 蒋光赤选集. 第 2 版. 北京：人民文学出版社. 1960：194.

　　③ 蒋光赤（慈）. 短裤党［M］//蒋光赤（慈）. 蒋光赤选集. 第 2 版. 北京：人民文学出版社. 1960：234.

　　④ 蒋光赤（慈）. 短裤党［M］//蒋光赤（慈）. 蒋光赤选集. 第 2 版. 北京：人民文学出版社. 1960：263.

结　语

教育部人文社会科学研究规划基金"中国现代市民小说人物服饰的图像还原与文化阐释"（项目编号：23YJAZH045）研究过程，是将文学、服饰、历史看成一个不可分割的整体，探讨服饰文化在文学作品中的发展演变，梳理、观照整体服饰文化审美的变迁、延续与发展。本书从大众生活的重要维度——城市服饰研究其在文学、史学、艺术学的不同领域所留下的影响和印迹。

现代市民小说产生于特定的历史时期，着重指向特定的方位，与晚清世俗小说一脉相承，与西方现代小说交融合流，与都市文化、消费主义语境密切相关，具有鲜明的地域性、融合性、现代性和复杂性特征。由此，为现代市民小说确立作家谱系和研究维度较为困难。随着日常生活叙事、现代性和城市文化视角的引入，城市服饰与文化研究体系逐步建立。但是对于多学科交叉综合研究存在不易持续深化的问题，破解上述难题，关键在于跳出现有研究范式，寻找新视角、挖掘新要素，尤其是"'主流'本身所具有的向来不被重视的方面"①。基于此，潜藏于历史、时代、政治、文化等宏大主题之内（跳脱于以往研究范式），又与其紧密相关，融于文本之中（未被主流重视），又发挥重要功能的"城市服饰变迁"，成为恰切的选择。深层次的原因在于：服饰的美学特征契合文学和艺术学的审美本质，赋予文学以审美意蕴；服饰作为一种符号话语，表意和象征属性承载叙事的功能价值，赋予研究以历史理论深度；服饰来源于生活，贴近现代文学，表现日常生活的典型特征，广泛存在于现代市民小说文本中。换言之，城市服饰作为一种复杂性存在，是揭示城市变化、社会文化和复杂现代性的密钥。

从文学角度来看，本书将"服饰"置回文图语境，复原、挖掘其本质属性、透视现代市民小说的嬗变过程、与所叙述时代的互动关系以及叙事艺术

---

① 丸山升. 鲁迅·革命·历史：丸山升现代中国文学论集［M］. 王俊文，译. 北京：北京大学出版社，2005：361.

等。具体而言，通过纵向、横向比较分析发现，现代市民小说人物服饰具有"融合贯通"的独特风格，渊源于中国古典小说"略貌取神"和写实的传统，又融汇西方现代小说繁复动态描写的经验，创新了服饰的文学叙事，拓展了小说创作的服饰空间，彰显了现代市民小说的文学史价值，微缩了中国小说现代化的历程。

从史学角度来看，伍晓明指出："历史化就是把文化本文或批评范畴置回其产生时的特定社会及历史关联中去，复原其在特定历史上下文中的初始意义。"①回归中国社会转型中的都市语境，服饰蕴含的审美元素呈现了大众的日常审美经验，更表现了现代市民审美观，进而折射时代审美观。现代市民小说的人物服饰不仅表征了人类社会的审美境况，也建构了一种"从服装开始的突破在历史的松动处重新开始建构历史"的文学审美范式。

此外，现代市民小说对于服饰符号意象属性的把握和运用，揭示了"都市新市民自我意识的觉醒，又暴露其局限和异化的倾向"②。城市服饰变迁与所叙述时代的互动关系表现在反映时代主题、反映时代特征、应和社会思潮等方面。

综上所述，本书对现代市民小说人物服饰研究有待完善，在纵向"贯通"和横向"融合"方面仍需细化，尤其是史料与文本的细化，比如报纸杂志、作家作品、日记等文本文献，画报、广告、戏剧演出等图像文献范围的延伸等。"城市服装的动态演变过程与文化内在关联"研究的启示在于，揭示服饰的复杂性，凸显审美特征，深入探究作为符号话语的基本属性与功能，同时建构与时代、历史、文化、政治的关系。其中对"中国现代城市服饰变迁"负载现代文化的丰富性和复杂性的独特价值的挖掘与凝练，仍将是未来研究的方向与重点。

① 伍晓明，孟悦. 历史 本文 解释：杰姆逊的文艺理论 [J]. 文学评论，1987（1）：159.
② 李今. 日常生活意识和都市市民的哲学：试论海派小说的精神特征 [J]. 文学评论，1999（6）：82.

参 考 文 献

小说文本

[1] 曹雪芹. 红楼梦 [M]. 北京：中华书局，2005.

[2] 徐枕亚. 玉梨魂 [M]. 南昌：江西人民出版社，1986.

[3] 韩邦庆. 海上花列传 [M]. 湖南：岳麓书社，2014.

[4] 包天笑. 钏影楼回忆录 [M] 香港：香港大华出版社，1971.

[5] 张春帆. 九尾龟 [M]. 吉林：吉林文史出版社，1998.

[6] 张恨水. 张恨水全集 [M]. 太原：北苑文艺出版社，2018.

[7] 张资平著，孙志军选编. 张资平作品精选 [M]. 武汉：长江文艺出版社. 2003.

[8] 刘呐鸥. 刘呐鸥小说全编 [M]. 上海：学林出版社. 1997.

[9] 施蛰存. 施蛰存全集 [M]. 上海：华东师范大学出版社，2012.

[10] 穆时英. 穆时英文集 [M]. 北京：线装书局. 2009.

[11] 叶灵凤. 时代姑娘 [M]. 广州：花城出版社，1996.

[12] 张爱玲. 张爱玲文集 [M]. 合肥：安徽文艺出版社，1992.

[13] 张爱玲. 张爱玲全集 [M]. 北京：北京十月文艺出版社，2017.

[14] 苏青. 苏青文集 [M]. 上海：上海书店，1997.

[15] 苏青. 苏青全集 [M]. 北京：中国妇女出版社，2000.

[16] 徐訏. 徐訏文集 [M]. 北京：生活·读书·新知三联书店. 2012.

[17] 施济美. 凤仪园 [M]. 北京：中国文史出版社，2020.

[18] 施济美. 莫愁巷 [M]. 上海：文汇出版社. 2010

[19] 无名氏. 我心荡漾 [M]. 南京：江苏文艺出版社，2001.

[20] 俞天白. 大上海沉没 [M]. 北京：人民文学出版社，1991.

[21] 潘柳黛. 一个女人的传奇 [M]. 上海：文汇出版社，2010.

国外理论著作

［1］［瑞士］索绪尔. 普通语言学教程［M］. 北京：商务印书馆，1980.

［2］［美］苏珊·朗格. 情感与形式［M］. 刘大基，等译. 北京：中国社会科学出版社，1986.

［3］［美］罗兹·墨菲. 上海：进入现代中国的钥匙［M］. 上海：上海人民出版社，1986.

［4］［美］弗龙格. 穿着的艺术：服饰心理揭秘［M］. 陈孝大，译. 广西人民出版社，1989.

［5］［美］伊丽莎白·赫洛克.［M］. 服饰心理学：兼析赶时髦及其动机［M］. 孔凡军，译. 北京：中国人民大学出版社，1990.

［6］［美］M·H·艾布拉姆斯. 欧美文学术语词典［M］. 朱金鹏，等译. 北京：北京大学出版社，1990.

［7］［英］克雷克. 时装的面貌［M］. 舒允中，译. 北京：中央编译出版社，2000.

［8］［美］安妮·霍兰德. 性别与服饰：现代服装的演变［M］. 魏如明，译. 北京：东方出版社，2000.

［9］［美］李欧梵. 现代性的追求［M］. 上海：三联书店，2000.

［10］［美］李欧梵. 上海摩登：一种新都市文化在中国［M］. 毛尖，译. 北京：人民文学出版社，2010.

［11］［德］哈拉尔德·布拉尔姆. 色彩的魔力［M］. 陈兆，译. 合肥：安徽人民出版社，2003.

［12］［美］王德威. 想象中国的方法［M］. 上海：三联书店，2003.

［13］［法］罗兰·巴特. 流行体系：符号学与服饰符码［M］. 敖军，译. 上海：上海人民出版社，2000.

［14］［英］托马斯·卡莱尔. 拼凑的裁缝［M］. 马秋武，等译. 桂林：广西师范大学出版社，2004.

［15］［美］夏志清. 中国现代小说史［M］. 刘绍铭，夏济安，李欧梵，等译. 上海：复旦大学出版社，2005.

［16］［英］乔安娜·恩特维斯特尔. 时髦的身体：时尚、衣着和现代社会

理论 [M]. 郜元宝，等译. 桂林：广西师范大学出版社，2005.

[17] [法] 玛丽·克莱尔·白吉尔. 上海史 走向现代之路 [M]. 王菊，译. 上海：上海社会科学院出版社，2005.

[18] [美] 耿德华. 被冷落的缪斯：中国沦陷文学史（1937—1945）[M]. 张泉，译. 北京：新星出版社，2006.

[19] [美] 史书美. 现代的诱惑 书写半殖民地中国的现代主义（1917—1937）[M]. 何恬，译. 南京：江苏人民出版社，2007.

[20] [英] 肖恩·霍尔. 这是什么意思 [M]. 郭珊珊，译. 北京：中央编译出版社，2010.

[21] [法] 西蒙娜德波伏娃. 第二性：女人 [M]. 郑克鲁，译. 上海：译文出版社，2011.

中文理论著作

[1] 苏馥编. 香闺鞋袜典略 [M]. 台北：文海出版社，1974.

[2] 司马长风. 中国新文学史 [M]. 香港：昭明出版社，1978.

[3] 上海通社编. 上海研究资料 [M]. 上海：上海书店，1984.

[4] 严家炎. 中国现代小说流派史 [M]. 北京：人民文学出版社，1989.

[5] 唐振常. 上海史 [M]. 上海：上海人民出版社，1989.

[6] 张仲礼. 近代上海城市研究 [M]. 上海：上海人民出版社，1990.

[7] 魏绍昌. 我看鸳鸯蝴蝶派 [M]. 香港：香港中华书局，1990.

[8] 吴士余. 中国小说美学论稿 [M]. 上海：三联书店，1991.

[9] 吴立昌，等著. 施蛰存 穆时英 刘呐鸥小说欣赏 [M]. 南宁：广西教育出版社，1992.

[10] 唐振常. 近代上海繁华录 [M]. 北京：商务印书馆，1993.

[11] 傅雷. 论张爱玲的小说 [M]. 合肥：安徽文艺出版社，1994.

[12] 钱穆. 中国文化史导论 [M]. 北京：商务印书馆，1994.

[13] 吴福辉. 都市旋流中的海派小说 [M]. 长沙：湖南教育出版社，1995.

[14] 马逢洋. 上海：记忆与想象 [M]. 上海：文汇出版社，1996.

[15] 沈从文. 中国古代服饰研究 [M]. 上海：上海书店出版社，1996.

［16］忻平. 从上海发现历史：现代化进程中的上海人及其社会生活 1927—1937 年［M］. 上海：上海人民出版社，1996.

［17］解至熙. 美的偏至［M］. 上海文艺出版社，1997.

［18］吴福辉. 都市漩流中的海派小说［M］. 长沙：湖南教育出版社，1997.

［19］钱理群，温儒敏，吴福辉. 中国现代文学三十年［M］北京：北京大学出版社，1998.

［20］王继平. 服饰文化学［M］. 武汉：华中理工大学出版社，1998.

［21］邵迎建. 传奇文学与流言人生：张爱玲的文学［M］. 上海：生活·读书·新知三联书店，1998.

［22］钟敬文. 民俗学概论［M］. 上海：上海文艺出版社，1998.

［23］李天纲. 文化上海［M］. 上海：上海教育出版社，1998.

［24］包铭新. 中国旗袍［M］. 上海：上海文化出版社，1998.

［25］燕世超. 张恨水论［M］. 合肥：安徽大学出版社，1998.

［26］杨义. 中国现代小说史［M］. 北京：人民文学出版社，1998.

［27］许道明. 海派小说论［M］. 上海：复旦大学出版社，1999.

［28］王文英. 上海现代文学史［M］. 上海：上海人民出版社，1999.

［29］黄献文. 论新感觉派［M］. 武汉：武汉出版社，2000.

［30］李今. 海派小说与现代都市文化［M］. 合肥：安徽教育出版社，2001.

［31］许星. 中外女性服饰文化［M］. 北京：中国纺织出版社，2001.

［32］陈思和. 中国新文学整体观［M］. 上海：上海文艺出版社，2001.

［33］陈华文. 文化学概论［M］. 上海：上海文艺出版社，2001.

［34］蔡子谔. 中国服饰美学史.［M］石家庄：河北美术出版社，2001.

［35］李今. 海派小说与现代都市文化［M］. 合肥：安徽教育出版社，2001.

［36］郭建英绘，陈子善编. 摩登上海 30 年代的洋场百景［M］. 桂林：广西师范大学出版社，2001.

［37］吴晓东. 20 世纪外国文学作品选［M］. 北京：北京大学出版

社，2002.

[38] 王东霞. 从长袍马褂到西装革履 ［M］. 成都：四川人民出版社，2003.

[39] 华梅. 服装美学 ［M］. 北京：中国纺织出版社，2003.

[40] 潘柳黛. 阅读张爱玲 ［M］. 济南：山东画报出版社，2004.

[41] 孟悦，戴锦华. 浮出历史地表 ［M］. 北京：中国人民大学出版社，2004.

[42] 葛红兵，宋耕. 身体政治 ［M］. 上海：上海三联书店，2005.

[43] 王丽. 符号化的自我 ［M］. 北京：中国社会科学出版社，2006.

[44] 舒湘鄂. 现代服饰与大众文化学研究 ［M］. 成都：西南交通大学出版社，2006.

[45] 竺小恩. 中国服饰变革史论 ［M］. 北京：中国戏剧出版社，2008.

[46] 汤雪华. 孤岛时期的上海摩登：小姐集 ［M］. 北京：人民文学出版社，2008.

[47] 杨扬，陈树萍，王鹏飞. 海派文学 ［M］. 北京：文汇出版社，2008.

[48] 邓如冰. 人与衣：张爱玲《传奇》的服饰描写与研究 ［M］. 桂林：广西师范大学出版社，2009.

[49] 孙绍谊. 想象的城市：文学、电影和视觉上海（1927—1937）［M］. 上海：复旦大学出版社，2009.

[50] 袁仄，胡月. 百年衣裳：20 世纪中国服装流变 ［M］. 北京：三联书店，2010.

[51] 徐华龙. 上海服装文化史 ［M］. 上海：东方出版中心，2010.

[52] 任湘云. 服饰话语与中国现代小说研究 ［M］. 成都：四川大学出版社，2010.

[53] 周锡保. 中国古代服饰史 ［M］. 北京：中央编译出版社，2011.

[54] 沈从文. 中国古代服饰研究 ［M］. 北京：商务印书馆，2011.

[55] 刘瑜. 中国旗袍文化史 ［M］. 上海：上海人民美术出版社，2011.

[56] 吴义勤. 梅岭之春：张资平经典必读 ［M］. 北京：文化艺术出版社，2012.

［57］鲁迅. 鲁迅全集［M］. 北京：人民文学出版社，2015.

［58］陈海英. 民国浙籍作家穆时英研究［M］. 杭州：浙江工商大学出版社，2015.

［59］张勇. 摩登主义 1927—1937 上海文化与文学研究［M］. 北京：中国社会科学出版社，2015.

［60］冯盈之. 文学与服饰文化［M］. 上海：东华大学出版社，2016.

［61］赤桦. 衣不蔽体［M］. 桂林：广西师范大学出版社，2017.

作家传记年谱

［1］谢家顺. 张恨水年谱［M］. 合肥：安徽文艺出版社，2014.

［2］张伍编. 张恨水自述［M］. 郑州：河南人民出版社，2006.

［3］赵凌河. 施蛰存著译年谱［M］. 上海：华东师范大学出版社，2018.

［4］李广宇. 叶灵凤传［M］. 石家庄：河北教育出版社，2003.

［5］余彬. 张爱玲传［M］. 桂林：广西师范大学出版社，2001.

［6］李伟. 乱世佳人：苏青［M］. 上海：上海书店出版社. 2001.

［7］王羽. 风仪园里的寻梦人：施济美传［M］. 上海：远东出版社，2009.

期刊论文

［1］许子东. 重读《日出》、《啼笑因缘》和《第一炉香》［J］. 文艺理论研究，1995（6）.

［2］荣松. 服饰描写与人物塑造［J］. 写作，1996（6）.

［3］王政. 女衣：女身的象征［J］. 东南文学，1997（3）.

［4］李今. 日常生活意识和都市市民的哲学：试论海派小说的精神特征［J］. 文学评论，1999（6）.

［5］蔡子谔. 关于中国服饰审美文化的审美价值［J］. 社会科学战线，1999（3）.

［6］黄建生. 重看海派文学的商业性［J］. 江海学刊，2000（2）.

［7］杨迎平. 施蛰存传略［J］. 新文学史料，2000（4）.

［8］蔡子谔. 中国服饰审美文化与中国诗学的特殊关系［J］. 社会科学战线，2001（5）.

［9］黄忠来，杨迎平. 评李今的《海派小说与现代都市文化》［J］. 文学评论，2001（6）.

［10］朱寿桐，刘永丽. 上海：逊了位的都市文化中心［J］. 湖北大学学报，2003（4）.

［11］黄燕敏. 服饰研究的文化学意义［J］. 河北大学学报（哲学社会科学版），2004（3）.

［12］彭富春. 身体美学的基本问题［J］. 中州学刊，2005（3）.

［13］李今. 穆时英年谱简编［J］. 中国现代文学研究丛刊，2005（12）.

［14］肖佩华. 论海派小说中的市意识井［J］. 中国现代文学研究丛刊，2006（3）.

［15］邓冰如."衣冠不整"和"严装正服"：服饰、身体与女性类型：从《红玫瑰与白玫瑰》看张爱玲笔下的女性形象［J］. 中国文学研究，2008（2）.

［16］付静. 探寻色彩的踪迹：张爱玲小说服饰意象化叙述初探［J］. 小说评论，2009（2）.

［17］陶徽希. 福柯"话语"概念之解码［J］. 安徽大学学报（哲学社会科学版），2009（3）.

［18］李蓉. 论新感觉派小说的身体想象［J］. 小说评论，2009（4）.

［19］颜湘君，孙逊. 小说服饰：文学符号的民俗文化表征［J］. 文学评论，2009（4）.

［20］莫艳. 清代通俗小说中的服饰颜色概说［J］. 装饰，2009（4）.

［21］贺玉庆. 张爱玲小说中服饰符号意蕴探析［J］. 湘潭大学学报（哲学社会科学版），2010（3）.

［22］柴丽芳. 从《京华烟云》看中国近代服饰的西化［J］. 广东工业大学学报（社会科学版），2010（4）.

［23］邓如冰. "萧条的美"：张爱玲的男性审美期待［J］. 江汉论坛，2010（4）.

［24］王璟. 张爱玲作品中的服饰心理意义解析［J］. 艺术百家，2011（S1）.

［25］贺玉庆. 张爱玲小说中"服饰"的叙事艺术［J］. 湘潭大学学报

（哲学社会科学版），2013（4）.

[26] 翟兴娥. 论施济美小说的服饰表达 [J]. 江汉论坛，2013（9）.

[27] 贺玉庆. 重复：张爱玲的服饰叙事策略 [J]. 河南社会科学，2014（11）.

[28] 莫艳. 清代通俗小说中服饰名称构成的基本形式：清代通俗小说中服饰名称构成研究之一 [J]. 美术观察，2015（2）.

[29] 刘芳坤，张文东. 从张爱玲到王安忆：服饰描写中的历史观 [J]. 江西社会科学，2015（4）.

[30] 董卉川，吕周聚. 都市空间、海派文学与现代性 [J]. 甘肃社会科学，2015（4）.

[31] 郭剑卿，陈曦. 中国现代小说服饰书写研究述略 [J]. 山西大同大学学报（社会科学版），2016（6）.

[32] 王卫平，陈广通. 现代海派小说叙事结构的流变 [J]. 中国现代文学研究丛刊，2016（9）.

[33] 孙琳. 海派文学研究的困境及其转机：以"海派"的命名为视点 [J]. 社会科学战线，2017（3）.

[34] 陈海燕. 海上名妓：晚清女性服饰时尚的引领者：以《九尾龟》为考察中心 [J]. 上海师范大学学报（哲学社会科学版），2019（2）.

学位论文

[1] 孟兆臣. 十九世纪末至二十世纪上半叶海上洋场小说研究 [D]. 上海：上海师范大学，2003.

[2] 张艳梅. 海派市民小说与现代伦理叙事 [D]. 长春：东北师范大学，2004.

[3] 颜湘君. 中国古代小说服饰描写研究 [D]. 上海：上海师范大学，2006.

[4] 王晓文. 二十世纪中国市民小说论纲 [D]. 济南：山东大学，2006.

[5] 张娟. 三四十年代上海市民小说价值重构 [M]. 南京：南京师范大学，2007.

[6] 王羽. "东吴系女作家"研究 [D]. 上海：华东师范大学，2007.

［7］赵元蔚. 海派文学与消费文化［D］. 长春：吉林大学，2008.

［8］赵鹏. 海上唯美风：上海唯美主义思潮研究［D］. 上海：上海师范大学 2010.

［9］翟兴娥. 20 世纪 40 年代上海沦陷区女作家小说服饰研究［D］. 武汉：武汉大学，2013.

［10］蒋建辉. 中国服饰文化的伦理审视［D］. 长沙：湖南师范大学，2015.

附录一　部分现代市民小说人物服饰整理：旗袍

书目	作者	出版社	服装文本	服饰色彩
《金粉世家》	张恨水	长江文艺出版社	一件杏黄印度缎白金细花的旗袍	杏黄
			一件杏黄色旗袍	杏黄
			藕色旗袍	藕色
			金丝绒单旗袍，滚着黑色的水钻辫	金、黑
			豆绿色旗袍	豆绿色
			豆绿色的海绒旗袍	豆绿色
			印度红的旗袍	印度红
			玫瑰紫色海绒面的旗袍	玫瑰紫
			浅蓝镜面缎的短旗袍	浅蓝
			红颜色的旗袍	红
			黑旗袍	黑
			紫色漏花绒斗篷，鹅黄色簇着豆绿花边旗袍	紫、白、鹅黄、豆绿
			极长的红色的旗袍，极细的腰身和袖子	红
			淡青的旗袍	淡青

书 目	作 者	出版社	服装文本	服饰色彩
《啼笑因缘》	张恨水	岳麓出版社	短短的白花纱旗袍	白色
			穿了紫绒的旗袍	紫
《结婚十年》	苏青	中国妇女出版社	银色长旗袍下摆	银色
			紫色薄呢夹旗袍	紫色
			窄窄的黑绸旗袍，配着大红里子	黑色、红
			绸旗袍，浅蓝色的	浅蓝
			荷花色阔镶条短袖旗袍	金黄色
			玫瑰色旗袍，胸口缀朵花	玫瑰色
			粉红缎线五彩凤凰的旗袍	粉红五彩
			浅红色薄呢的夹旗袍	浅红色
《琉璃瓦》	张爱玲	北京十月文艺出版社	穿着泥金缎短袖旗袍	泥金
			藕色镂花纱旗袍	藕色
《半生缘》	张爱玲	北京十月文艺出版社	短袖子的二蓝竹布旗袍	蓝
			苹果绿软缎长旗袍	苹果绿
			深蓝布旗袍，罩子一件淡绿的短袖绒线衫，胸前一排绿珠扣子	深蓝、淡绿、绿
			短袖夹绸旗袍，粉红地上印着菉豆大的深蓝色圆点子	粉红、深蓝
			身上一件花布旗袍	
			豆绿软缎长旗袍	豆绿
			半旧黑毛葛旗袍	黑
			浅粉色的旗袍，袖口压着极窄的一道黑白辫子花边	浅粉
			穿着紫色丝绒旗袍	紫
			黑色的长旗袍	黑
			大红丝绒窄袖旗袍上面罩着一件大红丝绒小坎肩	大红
			格子布旗袍	
			白底子红黄小花麻纱旗袍	白、红黄
			藏青花绸旗袍，上面印有大朵的绿牡丹	藏青、绿

书 目	作 者	出版社	服装文本	服饰色彩
《红玫瑰与白玫瑰》	张爱玲	北京十月文艺出版社	旗袍	绿
《沉香屑·第一炉香》	张爱玲	北京十月文艺出版社	一件姜汁黄朵云绉的旗袍	姜汁黄
			薇龙那天穿着一件磁青薄绸旗袍	磁青
《怨女》	张爱玲	北京十月文艺出版社	大红色旗袍	大红色
《一个女人的传奇》	潘柳黛	文汇出版社	穿着的淡蓝色的纱旗袍	淡蓝色

附录二 部分现代市民小说人物服饰整理：上衣、下装

上 衣

书目	作者	出版社	服装文本	服饰色彩
《金粉世家》	张恨水	长江文艺出版社	一件哔叽斗篷……那件玫瑰紫斗篷	玫瑰紫
			一身灰布衣服，旧青缎子小坎肩	青
			海棠红色软葛单衫	海棠红
			银杏色闪光印花缎的长衫，水红色薄绸的衬衫	银杏、水红
			葱绿的长衫	葱绿
			鸭蛋绿的短衣	鸭蛋绿
			鹅黄色纱长坎肩	鹅黄色
			白花洋布长衫	白
			浅霞色印度绸夹袄	浅霞色
			白色西服	白色
			蓝色小夹袄	蓝色
			湖绉夹袄	蓝色
			米色的单绸衣	米色
			青哔叽滚白瓣的旗衫	青、白
			水红丝葛的薄棉小紧身	水红
			蓝湖绉短夹袄	蓝
			水红色的绣花衣……小绒裤子	水红
			灰哈喇长夹袄	灰
			印度缎白狐领的女斗篷……豹皮的女大衣	白

续　表

书目	作者	出版社	服装文本	服饰色彩
《金粉世家》	张恨水	长江文艺出版社	青布皮袄	青
			白色花绒的长睡衣	白色
			蓝绫子短夹袄，敞了半边粉红衣里子	蓝色、粉红色
			短短的月白绸小紧衣	白色
			绿绸新式的旗衫	绿色
			色夹斗篷，身上穿一件对襟半西式的白褂子	白色
			米色薄呢的西服	米色
			灰鼠外套	灰色
			黄布衫	黄色
			白衣服上，又托着两件麻衣	白色
			天青色的直罗长衫	天青、黑
《啼笑因缘》	张恨水	岳麓出版社	穿了一件半截灰布长衫	灰
			身上穿了一件紫花布汗衫	紫
			穿了一身青布衣服	青
			身上穿的旧蓝竹布长衫	蓝
			穿了一件银灰色绸子的长衫	银
			穿了葱绿绸的西洋舞衣	葱绿
			穿了淡蓝竹布的长衫	淡蓝
			牵了一牵她的蓝竹布长衫	蓝
			穿着一件旧竹布长衫	
			身上穿了一件旧蓝布夹袄	蓝
			换了一件白底蓝鸳鸯格的瘦窄长衫	白、蓝
			穿了一身蓝哔叽的窄小西服	蓝
			穿了一件窄小的芽黄色绸旗衫	芽黄
			有一个穿灰布长衫人	灰
			英绿纺绸旗衫	英绿
			穿着一件水红绸敞领对襟短衣	水红

书目	作者	出版社	服装文本	服饰色彩
《啼笑因缘》	张恨水	岳麓出版社	只穿了一件天青色的直罗旗衫	天青
			穿着粉红绸短衣	粉红
			身上穿的是蓝竹布旗衫	蓝
			身上一件蓝绸旗衫，一大半都染了黑灰	蓝、黑灰
			穿了绿哔叽短西服	绿
			披了黑色的斗篷	黑色
			穿黄呢制服	黄
			穿了袒胸露臂的黄绸舞衣	黄
			穿了一件白底绿色丝绣的旗衫	白、绿
			紫色缎子的旗衫，蓝色团花琵琶襟坎肩	紫色、蓝色
			一个穿黑布裤红短袄子的女郎	黑
《结婚十年》	苏青	中国妇女出版社	淡红绸制，上面绣红花儿	淡红
			银色衣裳	银色
			银色衣裳	银色
			黄绫子薄夹袄	黄
			莲红的，橘黄的，湖蓝的，葱白的绸子，织着各式各样的花纹，有柳浪，有蛛网，有碎花，有动物，有简单图案，有满天星似的大小点子。	莲红、橘黄、湖蓝、葱白
			纯黑呢，花皮翻领，窄腰大下摆的长衣	黑
			外套浅灰色短大衣	浅灰
			一金黄色软缎制的连衣连裤簇新的服装	金黄
			淡竹青色派力斯单长衫	淡竹青
			衣袋是紫红底子大白花的印度惆怅杉	紫红、白
			灰色长衫	灰色
			纯白纺绸的长衫，竹叶青色的滚条	白、淡竹青

续　表

书目	作者	出版社	服装文本	服饰色彩
《结婚十年》	苏青	中国妇女出版社	穿着淡绿色绸衫子	淡绿色
			浅蓝夹碎细碎白花的麻纱衫子	浅蓝、白
			灰色羽纱衫子	灰色
			玄色香云纱长衫	玄色
			白缎盔甲	白
			白色衬衫白西装裤子	白
			灰色衣裳	灰色
			增领黄布小袄	黄
			葱白缎绣花嵌银线的小书生衣	葱白
			常青厚呢的长大衣	青
			浅灰派力斯西装，白翻领衬衫不打领结	浅灰、白
《琉璃瓦》	张爱玲	北京十月文艺出版社	卸下了青狐大衣	青
			背上的藕色纱衫	藕色
			一身大红衣裳	大红
			一件红色绒线衫	红色
《半生缘》	张爱玲	北京十月文艺出版社	淡灰色的旧羊皮大衣	浅灰色
			披着一件黑缎子绣着黄龙的浴衣	黑、黄
			灰色的绒线背心上面满缀着雪白似的白点子	灰色、白
			古铜色对襟夹袄	古铜
			穿着皮大衣	
			红丝格子纺短衫	红
			貂皮大衣，颜色黄澄澄的	黄、黑
			深红灯芯绒的短袖夹袍	深红
			骆驼毛大衣	驼色
			黑呢氅衣	黑
			咖啡色的旧绒线衫	咖啡色

续　表

书目	作者	出版社	服装文本	服饰色彩
《沉香屑·第一炉香》	张爱玲	北京十月文艺出版社	翠兰竹布衫	翠兰
			身穿一件簇新蓝竹布罩挂	蓝
			她身穿一件雪青紧身袄子	雪青
《红玫瑰与白玫瑰》	张爱玲	北京十月文艺出版社	大衣	粉紫
			短衫	橘绿
《倾城之恋》	张爱玲	北京十月文艺出版社	她穿着金鱼黄紧身长衣	金
			鹅黄披肩，长垂及地，披肩上是二寸来阔的银丝堆花镶滚	鹅黄、银
			身上不知从哪里借来一件青布棉袍穿着	青
《茉莉香片》	张爱玲	北京十月文艺出版社	白绒线紧身背心把她的厚实的胸脯子和小小的腰塑成了石膏像	白
			丹朱在旗袍上加了一件长袖子的白纱外套	朱红、白
			她披着翡翠绿天鹅绒的斗篷	翡翠绿
《一个女人的传奇》	潘柳黛	文汇出版社	不是穿着露肩的晚礼服，就是穿着花团锦簇的美丽的礼服	
			她现在穿着一件花绸的西装，料子很好花边也很漂亮	
《莫愁巷》	施济美	文汇出版社	那件白纺绸衫子，要不要沿边儿	白
			鸭蛋青衫子，又紧又窄	鸭蛋青
			还有件白布夏衫	白
			身穿灰色派力斯长衫	灰色
			身上这件葱白底苔绿细格子绸衫	葱白、苔绿
			两个人一样的月白裤子，藏青底子上大白荷花的日本纱短衫	白、藏青
			穿着他唯一的夏布长衫	

续　表

书目	作者	出版社	服装文本	服饰色彩
《都市风景线》	刘呐鸥	百花文艺出版社	山猫的毛皮	
			一件极薄的纱内衣	
			青云把缎子卷缠在腰上	青
			轻软的灰色的 pyjamas	灰
《凤仪园》	施济美	大众出版社	披着黑纱似得长衣	黑
			黑色衣裳的女人	黑
			和往常一样穿着黑色的衣裳	黑
			灰蓝色的绸衫	灰蓝
			她的粉红底子上印着玄色燕子的衣裳	粉红、玄色
			她穿的清一色的上下一身白	白
			那么朱先生的打扮正是雪里拖枪	白、黑
			穿黑纱的女人	黑
《乱世男女》	陈白尘	上海书店出版社	不过那位穿着一件青灰老布棉大衣	青灰
			秦凡穿着一身草绿色的军衣，但没皮带	草绿
《梅雨之夕》	施蛰存	北方文艺出版社	穿着红披雨衣的俄罗斯人	红
			绿色的橡皮式雨衣	绿色
			曳着她底白绸拖地的长衣	白
			陈夫人穿了一件淡红绸的洋服	红
			一堆白色的丝滑落在素雯底脚下	白
			袖口短的好像是件背心，黄的和白的两个颜色做起来的	黄、白
《上海的狐步舞》	穆时英	二十一世纪出版社	黑毛葛背心	黑
			穿了红的燕尾服	红
			男子的衬衫和白领	白
			灰色的睡衣	灰
《玉梨魂》	徐枕亚	凤凰出版社	青衫旧泪	
			青衫红袖	
			珠帘不卷，翠袖生寒	

下　装

书目	作者	出版社	服装文本	服饰色彩
《金粉世家》	张恨水	长江文艺出版社	一套窄小的黑衣裤	黑
			露出那牙黄色的长管裤子	黄
《结婚十年》	苏青	中国妇女出版社	黑香云纱衫裤	黑
			蓝布衫黑裤	黑
			白色衬衫白西装裤子	白
《半生缘》	张爱玲	北京十月文艺出版社	枣红毛绒衫裤	枣红
《沉香屑·第一炉香》	张爱玲	北京十月文艺出版社	翠蓝窄脚裤	翠蓝
《一个女人的传奇》	潘柳黛	文汇出版社	裤腿上沿着宽宽的花边	
《梅雨之夕》	施蛰存	北方文艺出版社	雪白的绸裤	雪白
			蓝布的裤子	蓝

附录三　部分现代市民小说人物服饰整理：裙

书目	作者	出版社	服装文本	服饰色彩
《金粉世家》	张恨水	长江文艺出版社	下面穿着猩猩血的短绸裙	红色
			一尺长的白底蓝格裙子	白、蓝色
《啼笑因缘》	张恨水	岳麓出版社	束着黑布短裙	黑色
			腰下系着一个绿色丝条结的裙	绿色
《结婚十年》	苏青	中国妇女出版社	我换了套大红绣花衫裙	大红
			连衣连裙子，细裥的也有，圆筒状的也有，长短袖的都有	
			黑印度绸的裙	黑
《沉香屑·第一炉香》	张爱玲	北京十月文艺出版社	紫色电光绸的长裙子	紫色
《上海的狐步舞》	穆时英	二十一世纪出版社	黑绸长裙	黑
《玉梨魂》	徐枕亚	凤凰出版社	缟裳练裙	
			袜痕裙褶	
			花冠长裙	

附录四 部分现代市民小说人物
服饰整理：其他

书目	作者	出版社	配饰文本	色彩文字
《金粉世家》	张恨水	长江文艺出版社	钻石戒指	
			小小的蝴蝶结儿	
			一串珠圈	
			一柄白娟轻边团扇	白色
			一把日本纸伞	
			一朵红花	红色
			法国细绒墨绿围巾……银丝络子的钱袋	墨绿色
			一朵珠花	
			钻石戒指	
			印花印度绸手绢	
			摇鹅毛扇子	
			钻石戒指	
			一柄黑布伞	黑色
			花绸手绢	
			大红的领结	大红
			湘妃竹的加大折扇	
			鹅黄色大领结	鹅黄色
			一个大红领结	大红
			一杆七寸长的象牙小旱烟袋	

续　表

书目	作者	出版社	配饰文本	色彩文字
《啼笑因缘》	张恨水	岳麓出版社	板带上挂了烟荷包小褡裢	
			在大襟上挂了一个自来水笔的笔插	
			架了一副玳瑁边圆框眼镜	
			她挂着一副珠圈	
			翻领插了一朵红色的鲜花	红色
			斜插了一只西班牙硬壳扇面牌花	
			举着一块粉红绸手绢	粉红
			戴了一只手表，又是两个金戒指	金
			拿着尺许长的檀香折扇	
			翻领外套着一条宝蓝色长领带	宝蓝
《结婚十年》	苏青	中国妇女出版社	纱罩也是淡红色的	淡红
			手中捧得花是绢制，也是淡红色	淡红
			银项圈	银
			五彩斜条的软缎围巾	五彩
			一条五彩花手帕插在左袋口，半露出像朵杂色的鸡冠花	五彩
			金锁片，银项圈	金、银
			一副精巧响铃镯，缚着一圈五彩络子	五彩
			玫瑰红宝石戒指一只，结婚钻戒一只，腕上左只是表，右只是细丝镂花金镯儿	玫瑰红、金
			红玫瑰宝石戒	玫瑰红
			一副白边近视眼镜	白
			白金边近视眼镜	白金
			玳瑁边眼镜	
《琉璃瓦》	张爱玲	北京十月文艺出版社	一条艳细的金丝项圈	金
			桃红赛璐珞梳子	桃红
			拖着铁灰排穗袴带	铁灰

续 表

书目	作者	出版社	配饰文本	色彩文字
《半生缘》	张爱玲	北京十月文艺出版社	红绒线手套	红
			戴着一只翠绿烧料镯子	翠绿
			一条绒线围巾	
《倾城之恋》	张爱玲	北京十月文艺出版社	脚踝上套着赤金扭麻花镯子	金
			翠玉手镯、绿宝戒指	翠绿、绿
			那伞是粉红地子，石绿的荷叶图案	粉红、石绿
《一个女人的传奇》	潘柳黛	文汇出版社	一根链条，一只翡翠镯子，和一只钻戒	
			那像小电灯一样的熠熠发光的钻石首饰	
《莫愁巷》	施济美	文汇出版社	用紫颜色的纱扎一个蝴蝶结	紫
			那乌蓝扇面上的泥金的字	乌蓝
			一把檀香骨子的小折扇	
			檀香的扇骨，镂空的细花，白绢的扇面，琥珀色的流苏	白、琥珀
			玉色缎子和五彩金银锦线	玉色、金银
			白绢扇面上立刻斑斑都是泪水	白
			蓝狗牙边的银红手绢儿	蓝、银、红
			拨弄着那些五颜六色的小香袋	
			他又铰下一方青莲色的薄绸，打算缝儿个小茄子，还有鸡心形的小香袋儿	青
			血牙色的小梳子用心"做"头发	血牙色
			摇着桃子形的细芭蕉	
《都市风景线》	刘呐鸥	百花文艺出版社	新鲜的手帕	
			一个小皮包	
			羊毛的围巾	
			三千块买串珠	
			一个办公室用的小皮包	
			钻石的戒指	
			英国藤的手杖	

续　表

书目	作者	出版社	配饰文本	色彩文字
《凤仪园》	施济美	大众出版社	白色的细绢上，一钩斜月，泛黄的疏柳掩映了纱窗，窗脚下种着雁来红	白、黄
			右手夹着晴雨两用的黑洋伞	黑
			一方小白手帕	白
			白手帕	白
《梅雨之夕》	施蛰存	东方文艺出版社	跟双喜姐儿银戒指上那一颗差不多大小	银
			一颗绿宝石镶在指环上	绿
《上海的狐步舞》	穆时英	二十一世纪出版社	挂着金表链	金
			麻纱手帕	
			翡翠坠子拖到肩上	
			手指上多了一只钻戒	
			脚踝上套了一只嵌翡翠的脚镯	
			康莱臣看看手表	
			黄铜手炉，香烟	黄铜
			花绸围巾，很收敛的花色	
			金丝边近视眼镜	金
			一条白绸巾	白

后 记

经过多年的材料积累与艰辛努力，本书即将完成。随着写作的深入，我感觉到许多问题的研究和思考还不够深入透彻，贯彻在书中的一些观点和方法也未必妥当，或许还有不尽如人意的地方，希望在今后的研究中不断修正和补充。

本书是 2023 年度教育部人文社会科学研究规划基金项目"中国现代市民小说人物服饰的图像还原与文化阐释"（项目编号：23YJAZH045）的研究成果，可用于提高艺术类大学生人文素养，启发研究生在"服装与文化"的视域高点上思考中国服装设计的未来，为研究生提供研究方向；也可为文学研究贡献一本图文并茂的参考书，为我国进行相关历史研究的学者、师生呈现一本时空共存的参考读物。

张群教授对该书出版给予了大力支持；吴景明教授、王邵励教授、鄂霞教授、米睿老师均为本研究提出过宝贵的建议，为我继续深入研究拓宽了视野；东北师范大学出版社为本书的出版做了很多工作，在此一并表示诚挚的谢意！

硕士研究生张萌、高小寒、李佳佳对本书进行了初校，李佳懿、郑爽、李晓彤、李佩桐、张萌为本书绘制图稿并再次进行校对，在此表示感谢！此外，我还要感谢这次学术之旅，感谢家人对我的支持和鼓励，这是我心无旁骛潜心研究的基础。

我愿以努力、进步与成长，回报你们的深情厚谊，你们的厚爱我将一生珍藏。

韩 丹

2024 年 4 月 15 日